著 みかみてれん
画 竹嶋えく
わたしが恋人になれるわけないじゃん、ムリムリ！（※ムリじゃなかった!?）
2
Friends?
Lovers?
JN030735
NANARE

王塚真唯
おうづかまい
すべてがパーフェクトな女子高生。れな子と恋人になりたい。

甘織れな子
あまおりれなこ
高校デビューに
大成功した女の子。
真唯と親友になりたい。
「彼女は、甘織れな子。私のフィアンセです」
《ちげえー！》

あまおりはるな
甘織遥奈
れな子の妹。
姉と違って陽キャな
中学2年生。
「……………え、
紗月さん？」
わたしと紗月さんは
どちらもぽかんとした顔で、
見つめ合った。

「は？」
琴紗月
黒髪美人の文学少女。
真唯に並々ならぬ
感情を抱いている。
「……うわ
制服めちゃくちゃ
かわいいじゃん」
ハッ。今なにか、迂闊なことを
口走ってしまった気がする。

「うわ、きれい……」
{紗月さんのおうちにて}

「ああ、そんなに気に入ってくれたのかしら？うちのお風呂」
「あ、うん、まあ、うん……」

CONTENTS

WATANARE

ダッシュエックス文庫

わたしが恋人になれるわけないじゃん、ムリムリ！（※ムリじゃなかった!?）2

みかみてれん

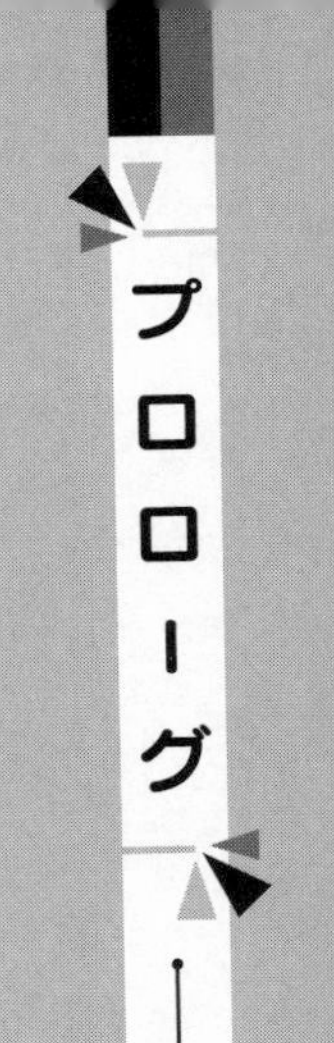

プロローグ

騙された、騙された、騙された……。

わたし——なんの変哲もない平凡な高校一年生、甘織れな子——は震えていた。

ここは一般市民が足を踏み入れること適わぬホテルのパーティー会場。あちこちに背広を着た男性や、ドレスを身にまとった淑女たちが闊歩している人外魔境……。

コスプレじみた黒のドレスを身にまとうわたしは、太平洋をさまようイカダに乗った漂流者さながらの心細さだった。

視界は狭く、音は遠い。アウェイってレベルじゃない。吐きそう。

テーブルごとに固まって話している周りの貴族たちはきっと、株の話とか、外貨の話とかをしているんだと思う。ぜんぜんわからないけど、そうに違いない。

そのとき、どこかからわあっと歓声があがった。

ざわめきは台風みたいに、美辞麗句の風をまといながら、徐々に近づいてきた。

人垣を割って姿を現したのは、金髪の美女だ。

緋色のルビーを編んだような、目に鮮やかな真っ赤なドレスを着ている。その気品は周りの女性たちとは一線を画して、指先にまで高貴さが満ちていた。

整った鼻梁や、甘い色気を感じさせる唇。それに太陽のように輝く瞳が、会場に集まるすべての人々を魅了して、離さない。

大勢の視線を強烈に惹きつけたまま、女性――王塚真唯は、わたしの前で立ち止まった。

「どうだい？　楽しんでくれているかな？」

微笑むと、途端に柔和な愛嬌がこぼれ出す。一方、わたしの表情は死んでいた。

「コロシテ、コロシテ……」

「君は相変わらずユニークだな」

ふふっと真唯は口元に手を当てて上品に笑った。わたしの醜態はそんなにおかしいか？

「……なんでわたし、こんなところにいるの……？」

自分でもびっくりするぐらいか細い声が出た。

「それはもちろん、私がパーティーに誘ったところ、君が快諾してくれたからだろう」

「ほんとに？　記憶改ざんしてない？」

ろくに働かない頭で、直前の記憶を思い出す。

ことの起こりはそう、真唯に『君に色々と迷惑をかけたお詫びに、食事をごちそうさせてもらえないか？』って提案されたんだった。

まあ、それぐらいならと、気軽にOKしようとして……いや待てよ、と。

やばいところに連れていかれるんじゃないよね？　って抜け目なく確認を取ったあたり、わたしもれまフレとして真唯の理解度があがってきたのだと思う。

ちなみに『れまフレ』っていうのは、わたしと真唯の新しい関係のことだ。どんなことをする仲なのかは、これから卒業までの三年間で、探り探り決めていくことになっている。

それはいいとして。真唯は言った。ホテルのビュッフェだ、と。

ちょっといいホテルだから、できればドレスを着てほしいと頼まれて、恥ずかしいけれど、ああはいはいどうせ真唯の趣味でしょ、まったくもう仕方ないなあ、ってオッケーしたら。

この有様だよ！

真唯の言葉を額面通りに受け取ったわたしが甘かった……。なにも学んでいない……。

ああもう、なんでこんなことに……。わたしの人生はいったいいつから間違ってしまったのか……？　中学？　小学？　それとも幼稚園……？

わたしが走馬灯を見ている間にも、真唯は他の人からひっきりなしに挨拶をされていた。

それこそ、芸能人みたいなボンキュッボンの美女とか、やたら高そうなスーツを着た恰幅のいいおじさんとかが順番待ちの状態で、真唯に頭を下げている。

モニター越しの映像じゃない。れっきとした現実だ。

あんまりにも人が話しかけてくるものだから、真唯はこともあろうかわたしを退屈させてしまっていると勘違いしたようで、こっちに笑いかけてきたりする。

「すみません、今は連れと一緒にいますので」

やめて、話を振らないで。いっそもう永遠に放置して。

「まあ、王塚さんのお知り合いですか？　ぜひ、ご紹介してください」

真っ赤な口紅を引いた美女の圧ある微笑みに、溶解させられそう。

真唯がわたしの背中にそっと手を添えてきた。『クラスメイトなんです』とでも言ってくれれば、まだわたしも『ど、どうも』ってご挨拶できた可能性が2％ぐらいあったのに。

あろうことか。


「彼女は、甘織れな子。私の、フィ、アン、セ、です」


ちげえー！

話題がセンセーショナルすぎるでしょ！　声にならない叫び！

美女はさすがの社交性を発揮し、「あら、まあ」と手を口に当てて、驚きながらも驚きすぎずエレガントに微笑んでいる。

「それでは、楽しんでいってくださいね。甘織さん」

「ハイ」

わたしが頭真っ白になっている間に、周りから人はいなくなっていた。真唯が挨拶を終えたようだ。ふう、と真唯はひとつ息をつく。

「ようやく、ふたりきりになれたな、れな子」

彼女の髪はまっすぐに下りて、まるで天の川のようにきらめいていた。

「どうだい？　なにか食べたいものがあるなら、私が取ってこようか」

「ご飯粒ひとつノドを通らなさそう」

「なんだと、そうだったか。調子が悪いのか？　食欲がなければ、言ってくれればよかったのに。申し訳ないことをしたな」

「三十分前はお腹ペコペコだったよ！」

大声を張り上げると、周りの視線が針のように刺さる。

『なんだあの田舎娘は』『はしたないザマスね』『あの下賤な者をここに連れてきたのは誰？』『場違いも甚だしい』という目で見られている。（気がする）

もうだめだ。これ以上ここにいたら、甘織れな子は廃人になってしまう。

教室で陽キャグループと話すだけで気力が尽きて、屋上に避難しちゃうようなわたしだよ。

それなのに、陽キャの最終進化系が大集合したこのサバンナみたいなパーティー会場で、木にしがみついてユーカリ食べるぐらいしか能のないわたしが、生き残れるとでも？

むんずと真唯の腕を摑む。

「うん？　どうしたんだい？」

「いいからこい！」

真唯は手にしていたオレンジジュースの入ったグラスを丸テーブルに戻すと、小さく肩をすくめた。それはまるで恋人のちょっとしたワガママに振り回されるモテガールみたいな仕草だったので、割とガチめにむかついた。


人目を避けて避けて逃避してきた結果、わたしたちは清潔で広い女子トイレにいた。

しかも女子高生がふたり、個室の中である。静かで、狭くて、薄暗い。落ち着く……。

いやまったりしてる場合じゃない。わたしは息を潜めたまま怒鳴る。

「王塚真唯ぃ！」

「私をこんなところに連れ込んで、いったいどうするつもりなんだい？」

やめろ、頬を染めるな！

「おまえ、ほんっとにわたしのことを理解してないんだな……。なんでわたしがキレてるか、わかんないの!?」

真唯は顎に手を当てて、数秒考え込んだ。

「テーブルに用意されていた皿は、イタリアンが多かったね。前にもパスタを食べていたから、てっきり君はイタリアンが好きかと思ったが、外したか……」

「ど──だっていいよ!?　好きですよイタリアンは！　パスタもピザもボンゴレも！」

「ほう、そうか。だったら私は君のことをちゃんと理解できていたね」

「その認識がもうできてないー！」

狭いのに腕を振り回す。体全体で理不尽を表現したかった。

「わたしは！　真唯とただご飯食べに行くだけって思ってたの！　なのに、なんでこんなパーティーに連れてこられるわけ!?」

「私も食事しにきただけのつもりだが？」

「日本語が通じないよお！」

顔面を手で覆う。今すぐ帰ってお布団の中で泣きたかった。

真唯は先ほどよりもさらに真剣な顔になって。

「どうやら、また私は間違えてしまったようだな」

「……真唯」

そこでなんか、ぷっつりとわたしの糸が切れてしまった。

「いや……まあ、うん……」

「ここのシェフは腕がよくて有名だったから、君にも味わってほしかったのだが……そうだな、君が喜んでくれないのであれば、意味はなかったな」

「……その気持ちだけ、ありがたく受け取っておくよ」

真唯は少し寂しそうに微笑んで、わたしの胸はチクリとした。

残念ながら、甘織れな子は根が陰キャなもので、こういった華やかな場に顔を出すと存在が消滅しそうになってしまうのだ。

これは自分自身の問題だから……別に、真唯が悪いわけじゃない。

真唯がわたしのことを理解してくれていないっていうのはそうなんだけどさ……。でも、こいつも純粋にわたしを喜ばせようと思った結果なんだしね……。

「……なんのパーティーだったの？　これ」

「確か母の会社に出資してくださっているスポンサーが、季節ごとに開いている催しだ。これといって決まった目的があったわけじゃないよ」

「目的のないパーティーとかあるんだ……」

なんでもない日バンザイじゃん……。

「我が家には、３６５日、なにかしらどこかからの招待状が届いていてね。だから君を連れてくることがそこまで非常識な行いだったとは思わなかったんだ」

「すごいな、王塚真唯……」

もうそんな感想ぐらいしか出なかった。

わたしたちはただ住む世界が別で、お互いの当たり前がすれ違っていたことを再確認しただけだった。それなのに、これ以上怒るのはなんていうか、不毛だし……。

小さく頭を下げる。

「ごめん、悪いけど先に帰るね。真唯は知り合いの人たくさんいたみたいだし、ゆっくりしていって……」

その手首を掴まれた。引き寄せられる。

「なにを言う。君ひとりを先に帰すわけがないだろう」

「い、いや……気遣いとかではなく、フィアンセではないってちゃんと誤解を解いてほしかったんですが……」

半眼で見つめると、真唯はしれっとした顔で告げてきた。

「恋人なのだから、つまりはフィアンセだろう？　私は初めて付き合った人と、そのまま結婚するつもりなのだからな」

真唯はふぁさっと金色の髪を手で払った。格好が格好なので、そんな見慣れた仕草にすらドキッとしてしまう。ぐっ、真唯のドレス姿、戦闘力が高すぎるでしょ……。

わたしと真唯の勝負は、今も継続中だ。

髪を結んでいるときは友達で、下ろしているときは恋人、っていう条件はなくなったつもりなんだけど、真唯はいまだにそのことを持ち出してくるんだよね。どうも気に入ったようで。けど、わたしは頑なに否定している。恋人ではなく、友達だぞ、と……。残念、真唯にはあまり効果がない……。

ちなみに今の真唯は、めちゃくちゃ髪を下ろしているわけで。

「だからって、人に紹介されるのは……なんか、違うぅ……」

わたしは両手で拳(こぶし)を握って訴える。

「……だって」

目を伏せた真唯の声が、にわかに艶(つや)を帯びた。

ただそれだけで、鼓動が高鳴ってしまう。ぐっ……色っぽい……。

「そう言っておかないと、君がか、他の誰かに口説かれてしまう」

真唯のあまりにも端整なお顔が近づいてきて、思わず顔をそむける。

「な、な……なわけないでしょ。こちとら、田舎娘で下賤な庶民だよ」

そう言ったわたしの首筋を、真唯が鼻先で撫(な)でる。ひい。

「私の目には、シンデレラさ」

デコルテ部分から、ちゅっと湿った音がした。素肌にキスをされてしまったようだ。うう。

「きょうの君は、とても素敵だ」

「馬子(まご)にも衣装という言葉が日本には……」

「よく似合っている」

そんなの、真唯に言われたところで……！

体にぴったりと吸いつくようなマーメイドスカートのドレスは、真唯のスタイルを際立(きわだ)たせていた。あくまでも主役は真唯であり、しかしドレスによって真唯自身の美しさも輝いている。指輪の宝石と石座のような関係であり、ドレスに着られているわたしとは大違いだ。

もしもふたりっきりでいたのなら、ずっと真唯に見惚(みと)れちゃってただろう。それほどまでに無敵できらびやかな存在が、今、わたしの胸元に顔をうずめているという不条理……。

「ちょ、ちょっと……真唯……」

「こうして肌を重ねていると、つくづく実感するんだ。君は私の『運命の相手』なんだって」

「そ、そんなわけが……だって、たまたま真唯が凹(へこ)んでたときに、話を聞いてあげただけでしょ……。そんなの、わたしじゃなくたって」

「言っただろう？　たまたまなんかじゃない。私はそれを運命だと確信したんだよ。もしも君じゃなかったら、なんて仮定は無意味だ。だって、現れたのは君だったのだから」

真唯の髪からは、どうしようもなくいい匂(にお)いがする。

フェロモンの正体は、匂いの相性だという話を聞いたことがある。相手の体臭を好きな匂いだと感じる場合、その相手のことを遺伝子レベルで求めちゃっているのだと。それが真実の場合、わたしのＤＮＡはすっかりと王塚真唯にやられていることになるので、困る。

ていうかなにを勘違いしているんだよＤＮＡ！　そもそも女同士だぞ！

「わ、わかったから。わかったわかった。真唯の気持ちはもうわかったから！」

「だったら、私を置いてひとりで帰るというのは、いけずなのではないか？」

「そ、それはあんたが、わたしをフィアンセだって紹介するからでしょ……！」

じゃれついてくる真唯に壁に押しつけられて、わたしは身動きが取れない。腕を真唯の背中に回すこともできず、文字通りお手上げ状態。心拍数だけが上昇してゆく。

すると、個室のドアの向こう、洗面台のほうから話し声が聞こえてきた。

「ねえねえ、見た？　きょう王塚先輩きてたよね」

「うんー！　珍しいよね、久々にナマで見て、やっぱやばって思っちゃった。顔ちっちゃくて、脚長すぎて、ほんと世界レベルって感じー！」

会話内容から察するに、どうやら真唯の後輩モデルの子たちみたいだ。

「でさ、なんか王塚先輩のフィアンセ来てるみたいだよ」

「ええー!?　ほんとに!?　どんな人だろ！」

「わかんないけど、クリス・エヴァンスとか、ブラッド・ピットみたいな人じゃない？」

「うっわ似合いすぎ～～」

頭の中で盛大にゴメンナサイする。

わたしは甘織れな子。容姿は凡庸（ぼんよう）、成績は中の中で、運動神経は中の下です……。

「……ほらっ、真唯、やっぱり、わたしなんて……」

しかし真唯は、そんな外野の声とわたしの自虐（じぎゃく）など、まるで気にせずに。

わたしの頬に手を添えて、下からすくいあげるみたいに——キスをしてきた。

んっ、んんんん！

それも、一瞬だけの口づけじゃなくて、ぬるりとした舌が唇の中に入り込んでくるような、濃厚で愛情たっぷりのキス。

ん、んぅ……んん……。

ただでさえいっぱいいっぱいだったのに、全身からさらに力が抜けてゆく。きもちいい……のか、どうかもわからない。ただ、わたしが真唯に埋め尽くされてゆく。

しばらくして、トイレから人の気配も消え去った後。普段より色濃く引かれた明るいリップが、わたしの唇から離れていった。

「……うう」

わたしは小声でうめく。こんな、薄い壁ひとつ隔てたトイレの個室なんかで……。

とっさに手の甲で口元を拭おうとして、同じようにわたしもお化粧済みだって思い出す。行き場のなくなった両手は、ふとももの前でもじもじしている。唇が熱い気がする。

「ああ、かわいいよ、れな子」

髪が乱れない程度に、頭をくしくしと撫で回されて、わたしはただただうつむくばかり。

ほら、こんな風になにも言えなくなったり、気まずい感じになっちゃうんだから。

息が詰まるし、胸がなんだか苦しい。

楽しいだけじゃ、いられない。

やっぱり、恋人なんて……ぜったいに、ムリ！

その後、一緒にパーティーを抜けた真唯に送ってもらって、わたしは帰路についた。生まれて初めてリムジンに乗っちゃったよ。

家の前に横付けしてもらい、ドレス姿のままの真唯に手を振られる。

「それじゃあまた明日、学校で」

「はいはい、またね。……ちゃんと髪結んできてよね」

真唯はふふっと笑って、なにも言わずに去っていった。おい確約しろよ！

まったく……と玄関を開く。そこにはちょうど、お風呂上がりでうろうろしてるバスタオル姿の妹がいた。

「あんたも、そんな格好で家の中うろつくのは、どうかと」

妹の半裸は久々に見たけど、運動部だけあって腰がきゅっとくびれてて、スタイルがいい。パリピのオーラを感じる。もちろん真唯を見た直後なので、所詮(しょせん)は甘織家の娘だが……。

かたや、妹はぽかーんと口を開けたまま、こっちを見つめてる。

「お姉ちゃんこそ……なに、その格好」

「え？」

ハッとして我を顧(かえり)みる。そこに立つのは……。

そう、いかにも高級なドレスを着た『え、誰これ？』なわたし。

「あ、いや、これは」

一刻も早くおうちに帰りたくて、着替えもせずに送ってもらったのだ……！　う、うかつ！

わたわたしつつ、答える。

「真唯に、その、パーティーに誘われて」

「パーティー!?」

大好きなケーキをお土産(みやげ)に買ってきてもらったときのように、妹の目がキラキラと輝いた。

あっ、こ、これは……。

以前にも浴びたことのある、あの気持ちいいやつ……尊敬の眼差(まなざ)し……！

心は疲れ切っていたはずなのに、わたしの口はまるで別人のように喋(しゃべ)りだす。

「う、うん、まあ……人が大勢きてね。真唯の会社に出資してるスポンサーさんの開いたパーティーなんだけどさ。わたしもお呼ばれされちゃって、それでこんな格好させられてね」

「なにそれ……す、すご……」

「料理もビュッフェスタイルで、有名なシェフの作ったイタリアンがずらっと並んでてさ。いやあ、まあ……すごかったよ」

「へえええええ！」

まあ、一口も食べてないんだけどね！

わたしは会場で真っ青になっていたり、今にも死にそうな顔をしていたことなんておくびにも出さず、貴婦人の皮をかぶって、しゃなりしゃなりと食卓へと向かう。

「お母さーん、きょうのご飯なにー？」

「え、お姉ちゃん、ホテルで食べてきたんじゃ？」

やっぱ家庭の味が一番なもんでな！

＊＊＊

芦ケ谷(あしがや)高校は京王線(けいおうせん)沿いにある、ちょっと成績よさげな共学の公立高校だ。

先生も生徒もなんとなくのんびりとして、よく言えばお行儀がよく、悪く言えばあんまり他人に興味のないゆるい校風が特徴といえば特徴かな。

今年からはとんでもなくすごい特徴が爆誕してしまったんですけどね。

そう、言うまでもない。芦ケ谷高校の天照大御神(あまてらすおおみかみ)こと、王塚真唯だ。

あのスーパースターが入学してきたせいで、芦ケ谷高校の名物は、もはや王塚真唯になってしまった。来年の入学案内のパンフレットには、表紙に大きく『王塚真唯、在籍中！』と書かれるかもしれない。

顔がよく、大金持ちで、人柄もいい芦高の文化遺産、王塚真唯。

本来ならば、下々の者が気軽に声をかけられるような存在じゃない。だけど、入学早々『友達になろうよ！』なんてアタックをした、向こう見ずな生徒がいたらしい。

甘織れな子って言うんだけど！

すべては最高の学園生活を送るためで、陰キャだった中学時代の自分を変えるための行動だった。その目論見はなにもかもうまくいった。わたしのメンタルが思っていた以上に弱すぎたことを除けば！

こうして、自業自得で身の丈以上のグループに所属したわたしは、日々精神をすり減らしながらも、学園生活を送っている……のであった。甘織れな子の戦いはこれからだ。（終）

あ、ただね（続く）　きょうのわたしは一味違うんだよ。

「はあ、学校って落ち着く……」

わたしはまだ誰も登校していない教室の中、机に突っ伏して平べったくなっていた。

なんたって、わたしは昨夜のパーティーを乗り越えた（乗り越えてはない）新生甘織れな子なのだ。ネオ織れな子にとっては、学校なんて見知った人しかいないし、みんな同い年の子どもの集団。もう家族みたいなものでしょ。

こんなところでキョドるなんて、ありえない。

一ランク上の自分に成長してしまった実感をヒシヒシと感じている最中のことだった。教室の扉を開けて、ひとりの人物が顔を出したのだ。

長い黒髪の涼し気な女性。琴紗月さんだ。

高校一年生にして、まるで本格サスペンス映画に出演する女優のような完成された美貌をもち、どこかミステリアスでダウナーな魅力を身にまとっている。背は真唯と同じくらい高くて、ピンと背筋の伸びた立ち姿は、美しい刃物をつい連想してしまう。

「早いわね、甘織」

「え？　う、うん、その、たまにはね！」

借りたドレスを誰にも見られないようこっそりと返すため、朝一番に来て真唯のロッカーに入れるというミッションをこなしたから、早いんだけど……。

今の紗月さんに真唯の話題を出すことは圧倒的地雷なので、思わず言いよどんでしまった。

スピード違反を取り締まる警察のように、紗月さんの目がギラリと光った気がした。

「そう」

「え、あ、はい」

なにも悪いことなんてしてないのに、冷や汗をかいてしまう。

わたしがコアラなら、紗月さんの眼光はまるでニシキヘビ。こないだの一件でちょっと打ち解けたとはいえ、ふたりで話すとやっぱりめっちゃこわい。

で、普段なら挨拶を交わした後の紗月さんは、席について自主勉を始めるか、あるいは本を広げるかのどっちかなんだけど……。

きょうはなぜかわたしの席の前に立って、じろりとこちらを見下ろしているのだ……。

あれ、学校は家族同然のはずでは……？

なんでこんな、怪物の舌の上にいるような気分に……？

観念して、上目遣いに意図を問う。

「な……なにか、御用でございましょうか……？」

「ちょうどよかった。ねえ、甘織」

思わず不自然な敬語が飛び出たわたしにツッコミを入れるでもなく、紗月さんは教室の外を顎で示す。

「今から、ちょっ、ちょっと付き合って、くれない？」

あれ、これデジャヴかな。


屋上である。

わたしと紗月さんは、給水塔の日陰に並んで立って、空を見上げていた。

「……暑いわね」

「……そうですね」

季節は七月に入って、急激に暑さを増した。地上のほうから聞こえてくる元気な蝉の声が、一ミーンごとに体力を奪ってゆくかのよう。

芦高はせっかく教室にクーラーが完備されているのに、なんでわざわざこんなところに……。へたばったイヌみたいになっているわたしに対して、紗月さんは手で自分を扇いではいるものの、汗ひとつかいていない。これが、美人は汗をかかない、の法則……。

ともあれ、ただでさえ紗月さんとふたりっきりで精神力が削られているこの状況。水分まで失ったらぱたりと倒れかねない。

とっとと話を聞いて、涼しい教室に戻ろう……!

「あ、あの、それでどういったご用件でしょうか」

「……」

紗月さんはなにも言わない。

そっちが呼び出したのに!?

「え、ええと……ま、真唯の件?」

ぴくりと紗月さんの頰が痙攣したのが見えた。

「ごめんなさい」

謝らないといけないような雰囲気を察知し、反射的に頭を下げる。

「別にいいわ。そのとおりだから」

紗月さんは今、真唯と冷戦の真っ只中である。

そのため、グループからも距離をおいてるし、もちろん真唯とは一言も口を利かない日々を続けていたりする……。

こないだ真唯がホテルで恋活パーティーを開いた日以来だから、もう一週間ぐらい？　けっこう長引いているんだよね……。

ちなみに、ふたりがケンカした理由に関しては、真唯が壊滅的にデリカシーのない発言をしたのが原因だ。

真唯は自暴自棄になったあまり、自分に罰を与えるために、あろうことか紗月さんに『抱いてくれ』と迫ったのだ。

その理由は『だって君、私のことが好きだろう？』である。

紗月さんは激怒した。かの邪智暴虐のスパダリを除かなければならぬと決意した。

わたしには色恋がわからぬ。けれども、気まずい雰囲気に対しては、人一倍に敏感であった。

実際、紗月さんが真唯のことを好きなのかどうかはわからないけど、仮に好きだったとしても、好きじゃなかったとしても、真唯の言葉はあまりにも王塚真唯……。

そんなんで、さっさと真唯には謝ってもらって仲直りしてほしいんだけど……。いかんせん真唯は自分が悪いことをしたとは、微塵も気づいていないのであった。

「あ、じゃあもしかして、真唯と仲直りしたいんだけど、素直に謝るのは恥ずかしいから、手伝ってほしいとか!?」

だから、紗月さん側が歩み寄ってくれるのなら、それに越したことはない。

なにより、ビッグネームふたりのいさかいに挟まれて、気まずい思いをせずに済むし！

だけど。

「誰が、誰に、謝るって？」

ゆらりと紗月さんの黒髪が揺らいだ気がして、わたしは開け放たれた猛獣の檻に慌てて鍵をかけるような気持ちで、言い直した。

「……ま、真唯が、紗月さんに、かな？」

「そうね。でもあのバカは、自分のしでかしたことに気づくことはありえないでしょうから」

紗月さんは大きくため息をついた。

「だからね、甘織」

紗月さんはゆっくりとわたしに顔を近づけてきた。真正面から見つめられると、その大きなアーモンドアイの中に閉じ込められたような気分になる。

「私は、あいつに復讐してやらないと気が済まないの。やられっぱなしは主義じゃないわ」

「ふ、復讐だなんて大げさな」

紗月さんはターゲットを必ず抹殺する殺し屋のように、どう見ても大マジであった。

このままここに居続けると、なにか大変な計画に巻き込まれる予感がする。わたしの高校生活がぜんぶおしまいになっちゃう予感が。

だめだ逃げよう！

「ごめん紗月さん、わたしちょっと用事を思い出しつつあって！」

バンッと壁に手を突かれて、行く手を阻まれた。全世界の乙女の憧れ、壁ドンじゃん！　なるほど、こんな気持ちになるんですね。いや、ただただこわいんだけど!?

「でもね、今はそんな復讐なんて、どうだっていいのよ」

そう言って、紗月さんは毒のたっぷりと含まれた蘭のように笑った。

ど、どうでもいいって……。

「ねえ、甘織」

耳元で名前をささやかれる。ふぅと紗月さんのけだるげな吐息がかかって、わたしは猫に睨まれたねずみみたいに震え上がった。

「私と、付き合ってくれないかしら？」

それは愛の告白というよりも、明らかにイブを堕落させた蛇のような誘いで……。

たっぷりと五秒。わたしは呆然と紗月さんの目を見つめて。

そうして、全力で聞き返した。

「はい!?」

第一章 恋人とか、ぜったいにムリ! 紗月さん編

真唯グループは、学年にひとりいるかいないかというレベルの美少女たちが集まって形成された、芦高の一年生カーストトップ集団である。

リーダーであるスパダリ王塚真唯。

こんなわたしにも優しい、天使の瀬名紫陽花さん。

全校生徒に可愛がられているみんなの妹、小柳香穂ちゃん。

女優みたいに長い黒髪をもつ物静かな美人、琴紗月さん。

あとなんか雑魚が一匹混ざってるけど、それは置いといて。

この中でも、わたしと学校で普通に話すのが、紫陽花さんと香穂ちゃんだ。

真唯は人気者なので、学校ではあんまり話さないんだけど、プライベートではしょっちゅうメッセージが飛んできたりする。

ただ、紗月さんとだけは一対一で話したことはほとんどない。ずっと嫌われてると思ってたものの、実はわたしの勘違いだとわかったので、それ以降はあんまり怖がらずに済んだ。

のだけど……。

まさか恋されていたとは、れな子もめちゃくちゃ予想外……！

と、さすがにそんなはずがなかった。当たり前である。

つまりは、こういうことだ。

紗月さんは真唯に復讐したい。だが、真唯のメンタルは堅城鉄壁だ。

真唯はたとえ住んでいるマンションが燃えたとしても、『ふむ、燃えてしまったか。仕方ない、きょうはホテルに泊まるとするか』で済ませてしまうような人間。（勝手なイメージです）

だから、真唯にもっとも効果的なダメージを与えるため、わたしを利用するつもりなのだ。

「でしょう!?　紗月さん！」

「違うわ」

名探偵れな子の推理に、紗月さんはゆるゆると首を振る。

まだ朝のホームルームが始まる前。炎天下の屋上で、紗月さんは白々しく言い放った。

「私は心からあなたのことが好きなの。好きになってしまったんだもの甘織（あまおり）のことが。もう大好きすぎてやばいわ甘織ラブ」

「なんという棒読み！」

くそう、そこまで言うなら聞こうじゃないか……！

「だったら、どういうところが好きなんですか!?」

「え？　……そうね」

紗月さんは片肘を摑むように腕を組んだ。

虚空に視線を飛ばし、しばらく考え込む。

「…………………自分の身の程をわきまえているところ？」

「そんな理由で人を好きになるかよお！」

しかもなんで最後、疑問形なんだ！　せめてウソでもいいから断定してよ！

「なに。私が相手じゃ不服なの？」

「えっ!?　いや、そ、それは」

ありえない誤解をされて焦る。確かに紗月さんは怖いけど、だからといって実際ほんとに告白されたんだったら、わたしごときがお断りできるような存在ではない。

「不服だなんて、そんなそんな。そりゃ紗月さんは美人だし……それに……」

「それに？」

「ツンと尖ったきれいな声とか、凛とした立ち姿とか、いいなって思うし……席に座ってるときの横顔とかも、かっこいいし……いつも堂々として、自信満々で羨ましい……」

うつむいたまま、ぼそぼそと語る。

完全に、推しに愛を伝える陰キャそのものじゃんこれ……。そうか、わたしは紗月さんにそういう憧れの感情を抱いていたのか……。思わぬところで、自分と対話しちゃったな……。

「……そう、ありがと」

紗月さんは頰を染めて目をそらした。きっとわたしの本音丸出しの言葉に恥ずかしくなったんだと思う。うぐう。羞恥心がわたしの喉を締め上げる！

「いや、でも、あの、わたしは！」

それでも、これだけは伝えさせていただきたい。必死に食らいつく。

「恋人関係なんて、ムリなんで！　お友達だったら、ぜんぜん大丈夫なんで！」

「ああ、そういえば……。そうだったわね。あなた、それであの女の誘いも保留していたって話だったものね」

「ううう、誰ともムリなんです……。真唯が悪いとか、紗月さんがどうとかじゃなくて、わたしがぜんぜんまったくうまくできる自信がなくて……」

紗月さんが微笑した。ドキッとする。

それはまるで、厚い雲の隙間から差し込む月明かりのように、温かくて……。えっ？

「大丈夫よ。なんとなくあなたと付き合っても、ひと月経てば後腐れなく別れるような気がするから。安心して付き合って」

「そんな口説き文句あるかよお！」

その叫びとともに、朝のホームルーム前のチャイムが鳴った。人の純情を弄びやがって！

きょうは朝からどっと疲れた……。

ぐったりしながら、紗月さんとともに屋上から出る。

わたしだけが持っている聖剣だと思いきや、実はどこにでも同じ性能のレプリカが転がっていたと知ってしまった屋上の鍵で施錠し、教室へと向かう。

できればこのまま保健室に直行して寝たい。このあと授業があるってまじ？　きょうは一時間目から六時間目まで科目『お昼寝』にしてくれないかな……。げ。

しかも、廊下でばったり、登校してきた真唯と出くわしてしまった。

「おはよう、れな子。それに……」

真唯は朗らかな笑顔のまま挨拶をしようとするけれど。

わたしの隣にいた紗月さんは、なにも言わず真唯の横を通り過ぎていった。うっわー……。

「お、おはよ、王塚さん」

せめてわたしは引きつった笑顔で手を振る。

真唯は少し思案げに、「ふむ……」と顎に手を当てていた。

さすがに今の紗月さんの態度は、すごい。あの真唯を無視できる人物なんて、芦高どころか都内を見回しても紗月さんぐらいなものだろう。いくら真唯でも傷ついたんじゃないかな……。

しかし真唯は『パンがなければケーキを食べればいいんじゃないか？　そもそも私はケーキのほうが好きだし』とでも言うように、にっこりと笑った。

「教室に入る前にれな子に会えるとは、きょうはいい日だな」

「ん～～～、王塚真唯！」

拳をぎゅっと握ったままうめく。

そんなんだから、紗月さんがあんなこじらせ方しちゃうんじゃないか！　さっきわたし告白されたんだよ！　責任とってくれ！

なんて言葉を叩きつけたら、『もちろん責任取るよ』と言われて、社会人の給料三年分ぐらいの指輪を買ってきたりしそうなので、ぜったい言わないけどさ！

「うん？　どうかしたかい？　私の顔をじっと見て。きょうも美しいかい？」

「そうだね!?　王塚さんはいっつもきれいだよ！」

「ふふ、君にそう褒められると、面映ゆい。やはりきょうはいい日だった。まあ、私はだいたい毎日いい日なんだが」

テレテレとはにかむ真唯の腹部を何度も殴打する幻を作り上げる。人の気も知らず！　この、このお！

ちなみにわたしは学校では真唯を相変わらず『王塚さん』と呼ぶことにした。真唯はまったく気にしないだろうけど、馴れ馴れしくして迷惑かけたくないし。わたしの理想の『親友』はちゃんとお互いを気遣い合っているので、この程度で関係はまったく揺るがないのだ。

「あ、王塚さんだー、おはようございまーす」

「こないだ弾き語りライブ開いたってほんとですか？　すっごい聴きたかったー！」

真唯に気づいた生徒たちがやってきて、あっという間に人だかりができあがる。真唯は「やあ、みんな」と朝からスターのオーラ全開で無料のスパダリスマイルを振りまいていた。

うっ、甲高く響くキャーキャーわーわーという黄色い声は、今の弱ったわたしにとっては、まるでスタングレネード。頭がクラクラしてきた。

ドレスをロッカーに返したよっていうのは後で伝えることにして、先に教室に戻ろ……。

紗月・真唯のダブルパンチは、ヒットポイント削られるー……。

教室にはもうほとんどの生徒が登校していた。恐る恐る紗月さんの座っている席の後ろを通るけれど、特になにも言われず自分の席につくことができた。ふう……。いやなんで自分の教室でこんな緊張感ある潜入任務みたいなことしないといけないの……。

「あ、れなちゃんおはよー」

前の席の女の子が、わたしに気づいて笑顔で挨拶をしてくる。

朝の光を浴びてキラキラと輝く明るい髪には、天使の輪っかが浮かんでいる。

甘いミルクに優しさとはちみつを注ぎ、たっぷりの愛情を混ぜて魔法をかけたらできあがったような美少女。瀬名紫陽花さんだ。

思わず目を細めて拝む。

「ああー、体力回復してく……」

「えっ、なんの話？」

「紫陽花さんってＲＰＧだと、ぜったいに僧侶だよねって話」

「そうかな？　私は武道家とかがいいな」

びしっと胸の前で拳を構える紫陽花さん。確かに武道家もいい。戦闘中は、チャイナ服のぱっくりと開いたスリットから生足がチラチラしたりするんだろう。えっちすぎる！

「って違う、違うよ、れなちゃん」

「あっ、はい、すみません」

「え？　いや、こちらこそ？　じゃなくて、あの」

紫陽花さんがもじもじしていた。かわいい。じゃなくて。

「さっきね、教室に来る途中に見ちゃったんだけど、その、れなちゃんが紗月ちゃんと一緒に歩いていたから珍しいなーって」

そんなことないよーって言おうとしたけど、ムリだった。神妙にうなずいてしまう。

「確かに……」

「なにかあったの？」

「え!?」

そうなんだよねー、実は紗月さんから愛の告白をされちゃってさあ、って。

言えるわけない！

わたしの微妙な顔を察知してか、紫陽花さんは手をパタパタと振る。

「あっ、ごめん、ぜんぜんそういうんじゃなくて。その、ただ、なにかあったのかなってそう思っただけだから、ぜんぜん、だいじょうぶだから。気にしてるわけじゃないんだ。ええと、きょう暑かったね！」

急な早口に、わたしは紫陽花さんがなにを言いたいのかわからなくなる。

こないだの真唯との一件以来、紫陽花さんはたびたびこうしてハイテンポなトークでわたしを煙に巻こうとしてくる場面が増えた。

「う、うん！　教室は涼しくていいよね！」

わたしは今回も、オウムみたいに繰り返して、こくこくうなずく。

いったいなんだろうか……。

実は、心当たりがないわけじゃない。

そう、放課後の教室で紫陽花さんに好き好き連呼しちゃった、あの『やらかし』だ……。

いや、もう言うまい。あのときのわたしはいろいろとキャパオーバーで、完全に頭が沸騰していたのだ。いくらなんでも、あんな、あんな……っ！

正真正銘、完全な黒歴史。思い出すたびにおふとんの中で叫びたくなる。

きっと紫陽花さんには、ひどくイタい女だと思われたことだろう……ふふ……。

友達にあんな必死になって、好きだとか言っちゃって……まるで告白みたいな、ね……。

いっそ『あのときのれなちゃん、ほんと無様だったよねｗ』と言って、ネタにしてくれたほうがまだマシかもしれない。けど、紫陽花さんは優しいから、そのことには一切触れないでいてくれている。素知らぬ顔でお友達を続けてくれているのだ……。善性……。

「紫陽花さん」

「えっ、な、なに？」

妙に慌てた顔でこちらを見つめる紫陽花さんに、わたしは静かに頭を下げた。

「その節は大変ご迷惑をおかけいたしまして、本当に申し訳ない……」

「えっ、なになに!?　どの節!?」

わたしのどこまでもガチな謝罪に、紫陽花さんは目を白黒させている。

動揺した顔もかわいいな、紫陽花さんは……。

『付き合って』と言ってきた相手が、紗月さんじゃなくて紫陽花さんだったら、わたしももうちょっと迷っていたかもしれない。まあ、わたしなんて一個人を好きになってしまう紫陽花さんは、どんな並行世界にだって存在していないんですけどね。

なんてことを考えていると。

「ねえね、れなちん、紫陽花（アー）ちゃん」

わたしの机にひょこっと顎を乗っけて、これまた新たな美少女が現れた。

芦高みんなの妹こと、小柳香穂ちゃんだ。その気取らない性格から、男女問わずに分け隔てなく愛されていて、そういうところはちょっと真唯に似ている。本人も『マイ推し！』を自称しており、サイドの髪をくくった黄色いシュシュは、真唯のメンカラーらしい。

目鼻立ちのクッキリとした小顔には、いつも色鮮やかで魅力的な表情が浮かんでいる。

実際、ちょっと雰囲気を変えたらそれこそめちゃくちゃ清楚な美少女に変身できそうなポテンシャルなんだけど、それだとわたしが話しかけられなくなるから今のままでいてほしい。

「香穂ちゃん、もう授業始まっちゃうよ？」

「う、うん。先生くるよ」

「そーの前にぃー」

香穂ちゃんはここだけの話をするように、声をひそめてきた。

「再来週の、例のやつの話を、ちょろっとしとこう的な」

「ああ、五人で遊びに行こうって話」

「しーっ！　れなちん、声が大きぃー！」

「えっ、ごめ」

「明らかにれなちゃんより香穂ちゃんのほうが大きいけど！」

「そんな細かいことは置いといてね。細かくない問題がひとつございましてね」

香穂ちゃんがチラチラと振り返る先には、紗月さんと真唯。

「あのふたり、それまでに仲直りしてくれないかにゃあ……って」

「そうだねえ……ちょっと、長いよねえ」

香穂ちゃんと紫陽花さんはしみじみとうなずき合う。

朝に出くわしたときもそうだったけど、相変わらず真唯と紗月さんは、学校ではまるで言葉を交わしていない。

外野があーだこーだ言ったところで、結局は当人同士の問題だから、わたしたちにできることは特にない……とわたしは思ってるんだけど。

「うーうー、あたしはみんなで遊びに行きたい〜〜！　行きたい行きたい行きたい行きたい〜！　みんなじゃないとヤダ〜〜〜〜！」

香穂ちゃんが駄々っ子になった!?

じたばたと腕を振り回していた香穂ちゃんは、急にぴたりと止まると「ちら」とわたしを上目遣いで見て、そしてまた陸に上がったお魚みたいにびちびちし始めた。

こ、これは……！

突然の試練にごくりと生唾を飲み込む。

香穂ちゃんのあまりにもわかりやすいサイン……つまり、つっこみ……ツッコミをしないと……わたしが……！　香穂ちゃんにツッコミを……！

「や、やめなさーい……！」

おどおどと告げて、香穂ちゃんの指先をきゅっと握る。

すると香穂ちゃんは、電源の切れたロボットみたいに止まって、寂(さび)しげにわたしを見た。

「はあ……あんがとね、れなちん……でも、やっぱりあたし、紗月(サー)ちゃんじゃないと、だめな体になっちゃったみたい……」

「す、すみません」

「いつもみたいにサーちゃんに、泣いたり笑ったりできなくなるぐらい強く頭にチョップを叩き込まれないと……刺激が、ね……」

斜め後ろのほうから「したことないわよ」という声が飛んできた。ふつうに筒抜けだった。

「せめて、ふたりになにがあったのかがわかれば、お手伝いできるかもなんだけどねえ」

紫陽花さんの言葉に、思わずぎくりとした。

いや、わたしだけはわかってるんだけども……。紗月さんの許可なく人に伝えるのはムリだし、そもそも紗月さんが許可を出すわけがない。

そこで先生がやってきた。

香穂ちゃんは拳を握って立ち上がり、天井を仰ぐ。

「んし、諦(あきら)めないよ！　ゼッタイに五人で遊びに行くんだからさ！　とりま、あたしもできる限り、仲直りの手助けやってみるっすよ！　高校一年生の夏は、一度しか来ないのだからー！」

と、静まり返った教室に、香穂ちゃんの声が響き渡った。丸聞こえにもほどがある。

わたしは当のふたりの様子を窺う。

真唯は小首を傾げて、かたや紗月さんは聞こえなかったかのようにノートをめくっている。

「小柳、席につきなさい」

「はーいセンセ！　あ、きょうのドット柄のマキシスカートきゃわいいね！」

「それはどーも」

わたしは人知れず、大きなため息をついた。

香穂ちゃんの願いとは裏腹。

紗月さんは仲直りどころか、真逆のことを考えているんだよなあ…………。


お昼休みも、紗月さんはひとりでさっさとどこかに行ってしまった。

真唯はいつもと変わらず朗らかなままで、わたしたちは四人、外から見たら何事もなく、仲良しグループのまま食事を終えた。

わざわざ紗月さんの話を振るのもなんだかなあって感じだったので、黙っていたんだけど……。普段通りにしているつもりでも、一度紗月さんがここにいない不自然さを意識すると、なにもかもが白々しく見えてきてしまう。まるで被害妄想だ。

こういうの、必要以上に気疲れしちゃうタイプだったのか、わたしって……。

やばい。ただでさえ日常会話するだけで精神が疲弊していくよわよわコミュ障なのに、何事もないフリもしなきゃいけないとか……難易度高すぎる……。

ムリムリ、これ、こんな日々が続くとかほんとムリ！　仲直りした後に五人で遊びに行くのも、わたしとしてはしんどいイベントだけど……そんなこと言ってる場合じゃない。

早いところ、紗月さんと真唯の関係をどうにかしないと、死んじゃう！

「香穂ちゃん、わたしにもふたりの仲直り、お手伝いさせて！」

「お、おう？　やる気だね、れなちん！」

トイレの前で香穂ちゃんを捕まえて、訴える。

「うん！　わたしにはなにができるかわからないっていうか、そもそもなにもできないかもしれないし自信もないし作戦もないけど、ふたりに仲直りしてほしいっていう気持ちだけはほんとだから……。気持ち以外はなにもない……人間力がない……ごめん……」

「え!?　じゃあ、その気持ちだけで嬉しいかな……って言うしかなくないあたし!?」

そんなやり取りをした後の放課後。

わたしは、それどころではない事態に巻き込まれてしまったのだった……。

「さて、それじゃあ帰るとしようじゃないか、みんな」

クラスのみんなに挨拶をした真唯が、わたしたちの席の近くにやってきた。

紫陽花さんと香穂ちゃんは帰り支度を済ませており、もたもたしているのはわたしひとり。いつものことである。

「きょうはどこかに寄ってく？」

「そうだな、私は少し時間があるよ。ちょっと駅前を散策するのはどうだい？」

「いいな、楽しそう。ね、れなちゃんも」

「あ、はい」

正直、きょうはかなりメンタルがしおしおなので、ピコ秒でも早く家に帰りたかったのだけど……お誘いをされてしまったのなら、断るわけにはいかない……。

わたしの中学時代のトラウマによる呪い『決して人の誘いを断ってはいけない』は、紫陽花さんのおかげである程度、克服できたものの、だからといってなにもかも自分の思い通りに生きられるようになったわけじゃない。

ていうか人のお誘いを断るのって、それはそれでメンタル食うよね！

という、わたしの苦悩を、真唯に目ざとく見抜かれた。

「そうか、れな子は用事があるのか。だったら、私たちだけで行こうか。香穂、紫陽花」

う、また気を遣われてしまった。

でも、ほんと助かります……。

嬉しさ半分情けなさ半分で、「へへへ……」と、卑屈な笑みを浮かべている最中だった。

ぎゅっと、わたしの腕が柔らかなものに包まれた。

「そうよ」

うん？

真唯と紫陽花さん、それに香穂ちゃんがこっちをびっくりして見つめている。というか、わたしの隣に立つ黒髪の美女を。

紗月さんだった。

「甘織は私と用事があるの。さ、帰りましょうか」

「えっ、ちょっ!?」

まるで彼氏に甘える女の子みたいに、ぎゅっと腕に抱きつかれている。

違う、これは看守が囚人を縄で繋ぐみたいなやつだ！

「用事があるのよね」

「いや、あの!?」

「あるでしょ？」

「い、いぃ、いぃ」

じいっと目を覗き込まれる。

紗月さんの瞳には『朝の話の続きをここでしてやってもいいのよ。私はいいけれど、あなたのクラスでの立場はどうなるかしらね？』と書かれていた。

脅しじゃん！

いち早くなにかを察知した香穂ちゃんが、ぱちんと指を鳴らした。

「なるほどそっか！　じゃあれなちんはサーちゃんをよろしくね！　あたしたちふたりはマイマイと帰るから！　ね、ね！」

ぱちっ、ぱちっ、と香穂ちゃんがウィンクを乱発してくる。

いや、ちが！　そういうやつじゃないこれ！

仲直りの作戦とかじゃなくて、真唯抹殺計画の誘いだよ!?

紗月さんがぐいぐいとわたしの腕を引っ張る。た、助けて～～～！

「れな子。君は」

真唯の強い視線が、わたしを刺す。ドキッとした。

やば。あんまりわたしが嫌がってると、ここで真唯と紗月さんがやり合うことになったりしない……？　そ、それはちょっとカンベンしてほしい！

「う、うん！　そういうことだから！　ごめんねみんな、また明日ね！」

香穂ちゃんじゃないけど、そう言うしかなくないわたし!?

わたしは早足で紗月さんにくっついていく。

背中から聞こえてきた「れ、れなちゃん～～……？　なんで腕組んでるの～～……？」

という紫陽花さんの細い声に、思いっきり後ろ髪を引かれながらも、歩く。

あのね、これはね……紗月さんが、真唯をムカつかせるためにやってるんだよ!!


「かんべんしてほしい」

「だから、なんでもオゴってあげるって言っているじゃない」

「自販機……」

「なに、不服?」

「いえ……」

ガチャゴン、と落ちてきた緑茶を掴む。口に含むと、きりりとした渋みに少しだけ頭がしゃっきりした。紗月さんとともに、席へと戻る。

わたしは駅ビルのフードコートに連れてこられていた。

割と空(す)いてるし、涼しくて快適なんだけど、むしろ寒気すら感じちゃうのは目の前に紗月さんが頬杖(ほおづえ)をついて座っているからかな。

「それにしても」

自分は『雑味が嫌いなの』と言って紙コップに入った水を飲んでる紗月さんが、ふふっ、と含み笑いをした。

「さっきのあいつの顔見た? ショックを受けてたわ。ほんと、いい気味よ」

邪悪な笑顔だ……。

「じゃあ、これで一矢報いたってことだよね。よしよし、紗月さんの逆襲は大成功。明日からはまた友達同士、仲直りってことで！」

「まだまだこれからに決まってるでしょ」

「ですよねー……」

紗月さんは頬に手を当てて、唇を弓形に歪めながら、わたしを見た。

「やっぱりあなたは、あいつの特別なのよ」

「本当に、なぜなんでしょうね……」

「そのあたりはもうどうだっていいわ。大事なのは、あなたには付き合う価値があるってこと」

「ここまで打算しかないと、いっそ清々しいですね……」

「ちゃんと好きだって言ったのに。私がシャイだからあんな言い方しかできなかったんだと、仮定してみたらどう？」

「かわいいけども！　でもそうじゃないじゃん!?」

テーブルに手をついてぐっと身を乗り出すと、紗月さんはまるで怯まず、あたかも清廉潔白であるかのような顔でこちらを見返してきた。

思わず息が止まる。紗月さんの切れ長の瞳は、明るくきれいなものではなく、どちらかというとどんよりと濁っているんだけど、わたしにとってはそれがとても美しく見える。

水浴びをしている濡れ羽色の鳥みたいに、しっとりと輝く紗月さんの美貌。

それは、真夜中にひとり見上げる月のように、どこか淋しげに目を惹いて、心をギュッと摑まれてしまうのだった。

「ぐう……」

すぐに視線をそらしてしまうのは、わたしのほうだ。一生勝てる気がしなかった。

「……あなただって、少なからず、あいつに迷惑をかけられているんでしょう」

「それは、まあ」

直近では、騙されてパーティーに連れていかれたばかりだ。寿命が百年縮んだ思いがした。

真唯の鼻っ柱をどうにかしてやらないと、一生マウントを取られ続けることになるっていうのも、わかってる。

でもそれは、誰かと策謀して成し遂げるんじゃなくて、自分の力でやるべきだと思う……。

「だからって、こういうやり方はちょっと……わたしと紗月さんが付き合ってる姿を見せつけて、それで真唯を傷つけるなんて……友達相手には、気が引けるっていうか……」

「……友達」

小さな、無味無臭のつぶやき。

紗月さんはぼんやりと手元の紙コップに視線を落とす。

「甘織は、私とは、友達？」

「え？」

どういう意味だ……？

そのままの意味で受け取るなら、わたしは紗月さんを友達に思っているかどうか、だけど。

それは……難しい……。

「わ、わかんない……」

「……めちゃくちゃ正直に答えるわね、あなた」

「だって！」

緑茶をお守りのように握りしめる。

「紗月さんとほとんど一対一で話したことないし！　わたしが友達だと思ってても紗月さんがそう思っててくれなかったらショック受けるし！　それに『もちろん友達だよ！　わたしは紗月さんのこと大切に思ってるもん！』って言ったらなんか怒られそうな雰囲気もあるし！」

「怒らないけど、だったら協力してくれるわね？　って言うわ」

「引っかけ問題だった！　そういうのやめてください、わたし引っかかるんで！」

叫ぶ。四方八方から襲いかかる紗月さんの魔の手にもう、涙目だった。

けれどそこで紗月さんは、頬杖をついた。

「いいわ、わかったわよ」

「え……」

拗ねたように、ぷいと横を向く。

「どうせ最初から、こんなのがうまくいくなんて思わなかったわ。別に、あなたに無理させたかったわけじゃないし。付き合わせて、ごめんなさいね」

「あの、いえ」

急に謝られると、親と一緒に来た知らない街にひとり放り出されたような気分になる。

どうしていいか、わからなくなってしまう。

「そして私とあなたは友達じゃなくて、ただ一緒のグループにいるだけ。これでいいでしょう。はい、おしまいね」

紗月さんはそう言って、話を打ち切った。

……どうやら、身柄を解放されたようだ。

でも、ここで紗月さんを置き去りにして『じゃ、わたし家帰ってゲームするんで……』と言ってさよならするのも、なかなか勇気のいる選択なのでは……。

「あの」

「なに」

わたしは紗月さんの顔色を窺う。

「じゃあ、仲直りしてもらえるってことで、よろしかったりしますか?」

「…………あなた、今この会話の流れで、それ言う?」

「えっ、なにか違ってた……?」

「そういうところとか」

虫を見るような目をされた。こわい。

「でも、ふたりが仲直りしてくれないと、めっちゃ気まずくて……わたし、学校に行くのがつらい……。不登校になって、親に迷惑をかけてしまう……」

「待って甘織。なんで泣きそうな顔しているの。え、それ脅し？　そっちが私を脅す側なの？」

わからない……。

「ああもう」

紗月さんが苛立った声をあげた。

「いいわよ、仲直りするわよ。してあげりゃいいんでしょう。今まで通り、ま～～～た私が譲ればいいんでしょ、なんの罪の意識も抱いていないあいつに！」

「えっ……紗月さん、優しい……」

「ただしその代わり」

「こわい！」

紗月さんが指を二本立てる。

「二週間。二週間だけでいいから、私と付き合ってちょうだい。それが済んだら、仲直りしてあげるから」

二週間というと、ちょうど夏休みに入るぐらいまでだ。

「今度は、ちゃんとあなたにお願いするわ。あのバカ、ずっと私のことなんて歯牙にもかけなかったんだけど、ようやく弱点が見つかったのよ。だから」

小さくだけど、紗月さんはキチンと頭を下げた。

こんなわたしなんかに。

「……協力して、お願い」

今まで聞いたこともないような、真剣な声だった。

……紗月さんは、真唯のことがただ嫌いになっただけ、ってわけじゃない。それはわたしにだってわかる。

前だって紗月さんがいなければ、わたしは真唯がなにをするつもりなのか知らないまま、恋活パーティーを止められず、真唯も望まない誰かと付き合っていたことだろうし。

ある意味では真唯の恩人でもある紗月さんの頼みを、わたしは……。

ちらり、と紗月さんの目を見返しながら。

「それぐらいなら、まあ……。でも、あんまり無茶な頼み事は、聞けないからね」

「ええ」

ようやく、ほっとしたみたいに紗月さんが頬から力を抜いた。

「もちろん。ありがとうね、甘織」

「うん……」

「それじゃあ、明日から二週間、私とあなたは交際をするということで、いいわね」

「うう……はい……」

早まった決断をした気がしないでもない……。

だけど……うん。

わたしが人の頼みや誘いを断れない性格だから、っていうのを差し引いても、このまま紗月さんを放っておくのは、なんだか可哀想だったのだ。

紗月さんはわたしみたいな凡人とは違って、強い人だけどさ。けど、強いからってずっとやられっぱなしで割を食っててもいいってわけじゃないと思う。そういう意味でわたしはきっと、やられる側の紗月さんの気持ちに共感しちゃったんだろう。

友達同士のケンカに手を貸すのはムリだけど、それがふたりを仲直りさせるために必要なことだったら仕方ない……って大義名分も与えられて。

あとは少しだけ、ほんの少しだけ。

紗月さんにやり込められて『ちくしょう！』ってなっている真唯を見るのは楽しそうだったた
……という気持ちも、あったりなかったり。

わたしは心の弱い人間だ……！

「こちらこそ、ヨロシクオネガイシマス……」

こうしてわたしたちは、たった二週間だけだけど、恋人同士を装（よそお）うことになった。

真唯の次は、紗月さんとかあ……。

でも、ある意味ではいい機会なのかもしれない。交互に友達と恋人を使い分けた真唯のときとは違って、今度は二週間というある程度まとまった期間での恋人体験だ。いかに自分が恋愛に向いていないのかを思い知ることができそうだ。

ってせめて前向きに捉えないと、一日で音を上げそうだしね！

片付けをしてフードコートを出る。

七月の外気は夕方だけど生暖かくて、もあっと体に絡みついてきた。

きょうはいろんなことがあったな……。だいたいぜんぶ紗月さん関係だったけど。

「紗月さん？」

その紗月さんは、フードコートを出たすぐのところで立ち止まっていた。

「ねえ、ちょっと寄り道してもいい？」

「え？　うん。あ、いや、あんまり人の多い場所とかじゃなければ」

「なにそれ。あの女じゃないんだから、大丈夫よ。すぐに済むわ」

すぐに済むのなら、とわたしは紗月さんのあとを、ひょこひょことついていく。

駅から歩いて五分ほど。紗月さんが立ち寄ったのは、住宅地の中にぽつんとある神社だった。

境内は公園になっていて、端っこでは学校帰りの小学生たちがボール遊びをしている。

穏やかな雰囲気に、吹き抜ける風もどこか涼しく感じた。

「なんか、いい感じのとこだね」

「ええ。ここはね、ちょっとした思い出の場所なの」

鳥居をくぐって細い参道を歩くと、小さなお社さまがあった。

しかし、神社の前に立つ紗月さん、めっちゃ絵になるな……。真唯とは違って、大和撫子な見た目してるからかな。和装とか、巫女装束似合いそう。

「ええと、よく遊びに来るの？」

「そうね。例えばガツンとやる気を出したいときとか」

「素敵な思い出なんだね」

「当時小学生だった王塚真唯が、めちゃくちゃ凹みながらなりふり構わず私にすがりついてきたことを思い出せるから……ふふふ……」

「素敵な思い出なんですか!?」

「いつまでも色褪せない永遠の美酒だわ」

紗月さんが、かつて真唯に完全勝利したときの思い出とかかな……。

「そんな戦場跡みたいなとこにわたしを連れてきて、どうするつもりなんですか……」

「あの女を倒すと決めた私たちなのだから、ここ以上にふさわしい誓いの場はないと思うのだけれど？」

「倒さない！　仲直り！　縁結び！」

　縁結びは違うかもしれない。

「まあ、だから一応ね、甘織。たった二週間だけれど」

　紗月さんが髪を耳にかけて、わたしに向き直る。

　夕日に背を向けた頬はほんの少し赤く染まっていて、不意打ちにドキッとしてしまった。

「私は欠点だらけだし、雪女みたいだってよく言われるわ、自分でも自分が薄情者なのは知っているつもり。あなたの好みではないでしょうけれど……だけど、恩には報いる女よ」

　恩はともかく、受けた恨みは絶対忘れなさそうではある。

「いや、ていうか、わたしの好みって……」

「あなた金髪碧眼でクォーターの女が好きなんじゃないの？」

「ふつうに生きてて出会わないでしょ!?」

「じゃあ瀬名みたいなの」

「うぐ」

　急に出てきた紫陽花さんの名前に、思わずつんのめりそうになる。

「そもそも誤解されているようですけれど、女の子が好きってわけじゃありませんからね!?」

「そうなの？　ならやっぱり、私にはなにもかも当てはまらないわね」

　あの、その……別に好きじゃないってわけでもないですけど……。

って、違う違う！　人生が真唯に毒されている！

「そんなあなたに付き合ってもらうのだから、なおさらあなたの恋人にふさわしい振る舞いをしなくっちゃ」

な、なんか大事になってきた。

めちゃくちゃ下から来るじゃん、紗月さん……。

「で、でも、紗月さんは別にわたしのこと、す、好きじゃないんでしょ？　真唯がわたしのこと好きだから付き合いたいだけなんでしょ？」

「それはそうだけど」

それはそうなんだ！

紗月さんはまっすぐに告げてくる。

「好きかどうかなんて別に関係ないでしょう。ふたりで交わした契約を、私は遵守するわ」

「お見合い結婚みたいだ……」

「そうね、ある意味近いのかもしれないわ」

今のご時世にはいろんな結婚の形がある。子供を育てるためだったり、金銭的な事情だったり、あるいは人恋しさだったり。

好き同士で一緒にいる恋愛よりも、はるかに多種多様なシチュエーションが存在している。

わたしたちだと、紗月さんは真唯を見返すためで、わたしはふたりを仲直りさせたいから。

お互いにメリットがある契約で、だからこそ対等のはずだけど、紗月さんはまだそれだけじゃ足りないと思っているみたいだった。

「だから、短い間だけれど、妻としてしっかりとあなたに尽くすことにするわ」

「え、えええええ……な、なにその言い方……」

一瞬で体がめちゃくちゃ熱くなってしまった。妻、妻て……。

さすがの紗月さんも照れてるみたいだ。

「なによ、そんなに驚かなくても」

「いや、だってあの紗月さんがそんなこと言ったら、ビビりますて……」

「どの紗月か知らないけれど、私のために付き合ってもらっているのよ。あなただって多少はいい目を見るべきでしょう」

「い、いい目ってなんですか……？」

紗月さんはなにも言わずにこっちを見ている。

なんなんですか!?

「期待していいわ」

「ひいい……」

やばい、やばいやばい。頭の中で熱気球みたいに妄想が膨らんでゆく。

みだらな声で語りかけてくる紗月さんが顕現する前に、ぱっぱっと手でかき消す。

いつも仏頂面で毅然としているのに、わたしにだけトクベツな顔を見せてきた日にはもう、ギャップに殺されてしまう。

わたしみたいな陰キャは、真唯のようなパリピより、どっちかというと翳を背負った紗月さんみたいな人種のほうがタイプになっちゃうものだから！

「ちょっと……あなた、顔真っ赤なのだけれど」

「え!?　そうですか！」

そうでしょうね！

紗月さんに目をそらされた。

「……あなた、そうね、そうだったのよね。あなたの趣味に口出しはしないし、もしあなたがそういうことを望むのなら、私も一応……できる限りは、努力するけれど……」

「ま、まって！」

わたしはそんな関係、苦手なので！　恋人なんかより、友達がいいってわかりきっているので！　だからドキドキとか邪魔なだけですし！

「し、したくない！　そういうことはぜんぜんしたくないです！　生まれて一度もしたいと思ったことがないままこの歳まで生きてきました！」

わたしは全力でなにを叫んでいるんだ。神社でするような会話じゃないでしょ。

「それなら安心したわ。仮に求められても、私にはあまりそういった知識はないから……」

「ぜったい求めませんから！」

　重ねて叫ぶと、紗月さんがわずかに顔をしかめた。

「……でもあなた、王塚真唯のことは求めているのよね？　それは釈然としないわね」

「そんなところで対抗心燃やさないで!?　てか、わたしは求めてないから！　真唯が一方的に襲いかかってくるだけだから！」

「私も世間では美人と呼ばれる範疇に入ると思うのだけど？」

「重々承知の上です！　紗月さんはめちゃくちゃ美人ですよ！」

　すると紗月さんは髪を撫でて、かなりどうでもよさそうに「まあね」と言った。そこは照れないんですね！

「ていうか、妻とか、結婚みたいだとか、重く考えなくても……。二週間ぐらいだし……」

「あなた、そんなに軽い女なの……？」

「んんー！　そういう意味ではなく！」

　不快そうに眉をひそめられた。傷つく！

「甘織がどうであれ、私は私の信念に基づいて行動するわ」

「そもそもの動機が真唯へのあてつけなのに……」

「信念に基づいて行動するわ」

　わかりました……。

「じゃあ、二週間という短い時間ですが……」

「ええ、よろしくお願いするわね、あなた」

……今の『あなた』のニュアンス、なんだかちょっとちがくなかった？　旦那さん的な意味のあなたって感じじゃなかった？　気のせいかな……。

「紗月さんって、意外といいお嫁さんになりそうだよね……」

「そう？　でもどうかしら。あなたは、床上手な女が好きそうだものね……」

「誤解！　誤解だあ！」

すっかりわたしドエロなキャラ扱いされてるじゃん！　どうしてこうなったの!?

紗月さんの思い出の神社をめちゃくちゃに汚すような会話を終え、わたしたちが歩き出そうとしたところで、紗月さんが手を伸ばしてきた。

これからよろしく的な握手だろうか、と手を取る。

「そうじゃなくて。とりあえず、こういうのは形から……どうかしら」

「あっ」

紗月さんがするすると指を絡めてきた。

ひんやりとした感触が、わたしの手のひらを包み込む。

恋人繋ぎだ。

「私、何事も中途半端って嫌いなの」

「いや、でも、あの」

友達ですらないと言われた相手に、唐突に距離を縮められて、胸の奥が妙に甘酸っぱい。

隣に立つ紗月さんの顔だって、いちごみたいに赤い。

「……いいでしょ。これぐらいはしないと、付き合っているなんて言えないもの」

口を尖らせて言い張るその顔は、まるでお母さんの口紅を借りた小学生の女の子みたいで。

わたしは初めて紗月さんのことを、怖いとか、綺麗とかじゃなくて。

……かわいいだなんて思ってしまったのだ。

握った手の感触も、真唯のものとはぜんぜん違う。違う女の子だ。自分が違う女の子と手を繋いでいるんだと、実感させられてしまう。

ど、ドキドキしちゃう……。

「あ、あの、紗月さん……やっぱり、手を繋ぐのは、その」

怖じ気づいたわたしに、紗月さんはカバンからスマホを取り出しつつ、嬉しそうに微笑んだ。

「ねえ、一応、証拠として繋いだ手を写真に撮っておきましょうか」

「え」

「そうね、これをインスタにあげるのはどう？　こういうの匂わせって言うんでしょう？　ふふっ、とっても楽しそう。あの女の悶え苦しむ顔が目に浮かぶわね」

「グループ全員に一発でバレるわ！　そんなことしたら即離婚だからね、離婚！」

なにがかわいいだよ！　正体はお姫様の殺害を企む悪い魔女じゃん！

これからの二週間。一筋縄ではいかないような予感に、わたしは震えてしまったのだった！

＊＊＊

というわけで、恋人としての日々が始まったわけなんだけど。

もちろん恋人だからって、学校でも四六時中、紗月さんと一緒にいるわけにはいかない。というかむしろ学校での関係は今まで通り。

かといって、帰宅後にふたりでイチャイチャと長電話をするわけでもない。メッセージのやり取りすらもない。

え、いったいなにがあるの……？　愛……？　それこそが一番ない。

唯一、下校時だけがふたりきりの時間のすべてであった。うーん、慎ましやか。

ちなみにわたしたちがふたりで一緒に帰ることに関しては、香穂ちゃんがみんなにうまく言ってくれているようだ。実際、これが仲直り計画の一環なのは、間違いではない……。

で、本日、紗月さんとの帰り道。

駅までなんだけど、意外と会話も弾んだ。（本当）

「甘織は、趣味はなに？」

「えっ、わ、わたし？」

聞かれているのに聞き返す。そりゃそうでしょ以外の感情がなかろうて。

「とりあえず、あなたのことを色々と知っておこうと思って」

わたしの趣味かあ……。

ゲーム、それ系の動画視聴、ネット、アニメ、なんか、そんな感じ……。

どれを言っても引かれたりするんじゃないかな。紗月さんには。なんか『どれも頭悪そうで、甘織にぴったりね』って言われる気がする……。言いづらい。

いや、もしかしたら紗月さんも家ではすごくゲームやってて、『そう、私もゲーム好きなの。モンハンは二万時間やったわ』とか言ってもらえるかもしれない。一縷の望みをかけて！

「し、しいて言えば、ゲーム、とかかな」

「ゲームって、人生ゲームとか？　ひとりでやるの？」

これ紛れもなくゲームやらない人の発想だ！

「う、うん、まあ、そういう感じかな」

「甘織」

その声は平坦な抑揚だったけれど、わたしはドキッとした。

「どうしてウソをつくの？」

「えっ」

人の心を見透かす魔女の瞳が、わたしの心の弱さを暴き立てる。

「あなたのことを知ろうとして質問しているのに、あなたがごまかしたら、意味ないじゃない。ちゃんと答えなさいよ」

わたしは泣いた。

「ううごめんなさい……」

「ちょ、ちょっと」

かろうじて涙は頬を伝い落ちなかったけれど、あまりにも正論が強いので、わたしのメンタルポイントは秒で底をついてしまった。

「実は、ゲームをやってるんです、刑事さん……。銃でバババと人を撃ったりする、野蛮なゲームです……」

やっぱわたしにはしんどい、紗月さん……。

きっとゴミを見るような目で見られるんだ。『そう、あなたは現実がうまくいかないから、その鬱憤(うっぷん)をゲームの中で晴らそうとしているのね。いわゆるゲーム脳ってやつね。可哀想』と。ワイドショーでオトナが偏見にまみれて語っているようなことを言われるのだ！

紗月さんは、「ああ」とうなずいた。

「えふぴーえす、ってやつね」

「ご存知なんですか⁉　あの紗月さんが⁉」

「そこはかとない侮辱を感じたのだけれど、今」

「滅相もありません！　なんていうか、紗月さんはほら、清く正しく歩んでいる雰囲気なので！　ゲームなんて不良のやるもので、人生の落伍者で、遊ぶとバカになるから！」

「そこまでステレオタイプのイメージ抱えている現代人のほうが珍しいと思うけれど……。まあ、たまに母さんがやっているのを、見ているから」

「なんと、母上が」

あまりにも意外。紗月さんのお母さんって、ゲームとか一切やりそうにないのに。

「尖った眼鏡をかけて、口を開けば勉強、勉強って言ってそう？」

「心を読まれた！」

「読んでないわ」

紗月さんはわたしを見て、微笑する。

「でも、そうね。そういうイメージをもたれることは、よくあるから。実際はぜんぜん違うわよ。あなたが知る機会は一生ないけれど」

「あ、はい」

笑顔から、巨漢力士の張り手ばりの突き放しスタイル、なんなん？

「えふぴーえす、面白い？」

「え!?　いや、あの、どうかな！　人によると思うけど！」

「そんなのはなんだってそうでしょ。私は今あなたと話をしているんだから、あなたの主観を聞いているのよ」

「で、ですよね。じゃあ、す……好き、ですね。ゲームしている間は、他のことをなんにも考えないで済むので……」

　紗月さんは、くすりと笑った。

「そうね、わかるわ。私もいい本に出会えたときは、時間どころか、寝食を忘れて読みふけってしまうもの」

「へー……。あ、紗月さんはどんな本が好きなの？」

「だいたいなんでもだけれど、好きなジャンルは人間が描かれているもの、かしら」

人間。あんまりピンときてないわたしに、紗月さんは深いため息をついたりせず、ふつーの空気感で解説してくれる。

「感情、っていうのかしら。追い詰められて土壇場(どたんば)になってから本性が現れたりだとか、かと思えば本当にどうしようもない状態に陥(おちい)っても必死にあがいて前を向いたりだとか。そういうむき出しの心が描かれているお話が特に好きね」

「そうなんだ。あ、わたしもそういうの好きだよ！」

「……本当に？」

「え、今回はちゃんと真実ですけど!?」

悲鳴をあげると、紗月さんは澄まし顔で口元を緩めた。

「わかっているわよ。今のは冗談」

「い、意地悪……！」

「どうしてそんなに必死なの」

「それは……」

目を伏せる。

「紗月さんに、嫌われたくないし……」

ちら、と顔色を窺うと、紗月さんはほんのちょっとびっくりして、目を見開いていた。

わたしは、少しでも自分をよく見せるためにうわべを飾ったり、背伸びしたりしてるのだ。

ほんとのわたしはめちゃくちゃ小物だし、そんなわたしを知られたらきっと嫌われるはずだろうから……。

けど、まるでそんなわたしの弱さまで見通したかのように、紗月さんは。

「嫌わないわよ」

「えっ」

本音がこぼれたかのような声色。

紗月さんは髪を耳にかけて、口の端を吊り上げた。

「どうせ最初から、あなたのことそこまで好きじゃないもの」

「ちょっとちょっとちょっとー！」

優しくしてくれたかと思えば、途端に手のひらを返される。

紗月さんはわたしにとって、すぐに強化と弱体の調整を繰り返すゲームの運営会社みたいに、まだまだ捉えどころのない人だった。


駅に着く。わたしと紗月さんの家は逆方向だ。改札を抜けて、別々のホームに向かおうとしていたところで、紗月さんに呼び止められた。

「ねえ、甘織」

「はっ、はい」

今度はどんな意地悪を言われるのかと身構えて振り返るけれど、そうじゃなかった。

「もしよかったら、読み終わった小説があるんだけれど……読んでみる？」

「えっ、うん読む！」

「別に、嫌ならいいけど……って、早いわね」

「紗月さんがいつもどんな本読んでるのか、興味あったし！」

「……そう」

通学鞄の中から、モノトーンの布のブックカバーがかかった文庫本を取り出して、そのままわたしに差し出してくる。

「返すのはいつでもいいから。あなたは好きそうな内容だって思ったけれど、退屈だったら、最後まで読まなくてもいいわ」

「ありがとね！」

紗月さんとの話題も増えるし、実際、本を読むのはけっこう好きだ。ぼっち時代の友達は、保健室と図書室だったしね……。

紗月さんは、なにやらそわそわとしてた。

「自分の好きな本を他人に勧めることってあんまりしないんだけれど、せめて私からは歩み寄るべきだと思ったから」

え、これは紗月さんがちょっとデレてくれた感じ……？

昨日のお見合い結婚宣言を不意に思い出してしまい、わたしも頬を熱くしてしまう。

今さらだけど、わたしと紗月さんって付き合っているんだよね……。好きな本の貸し借りとか、なんか、すごいそれっぽいじゃん……。

「甘織を見てて、なおさらそう感じたの」

えっ。ドキッとする。わ、わたしがなにか……？

紗月さんは清楚な笑みを浮かべた。

「せっかく付き合っているっていうのに、ごまかしたり、取り繕ってばかりじゃ、いつまでも他人行儀なままだって。立派な反面教師をありがとうね」

「どういたしまして！」

わたしは紗月さんから借りた本を抱き締めながら、やけっぱちで叫んだのだった。


帰りの電車で座れたので、早速文庫本を開く。

手に馴染む布カバーだ。なんだかまだ紗月さんのぬくもりが残っているような気がする。無意識に顔を近づけて匂いを嗅ごうとしていた自分に気づいて、ハッと我に返る。

なにやろうとしているんだわたし。タイムタイム。今のなし。ちゃんと本読も。

ラノベも読むわたしだけど、この本は文学？　みたいだった。う、あんまり難しい本だと、わたしにはハードルが高いかも……。

でも、文体はとっつきやすい。あ、思ったよりは読みやすそうだ。

会社に勤める27才の女性が主人公のお話だ。うんうん、どれどれ。

なるほど。開始3ページ目から、主人公が行きずりの女子高生と濃密な性行為を繰り広げ始めた。濡れ場の描写が、ねっとり丁寧に描かれてゆく。

…………。

わたしは顔を熱くして、バタンと本を閉じる。

周りの乗客が「?」という顔をして、こちらを見ている気がする。

琴紗月、琴紗月ぃ……。

ぷるぷる震えながら、心の中で叫ぶ。

なにが『あなたは好きそうな内容』だよぉ!!

＊＊＊

とはいえ、とはいえだ。

翌日、紗月さんに文句を言うつもりで登校したら、朝一番に真唯の太陽光みたいな「おはよう」を浴びて、思わず罪悪感の種がすくすくと芽吹いてしまったのだった。

「お、おはよ……」

わたしは思わず真唯を避けるようにして、自分の席に向かってしまった。

「ふむ」という真唯のなにかを確認するような声が聞こえてきたとか、こなかったとか。

改めて、やばいよなーって思う。流されて紗月さんと付き合うことになってしまった件だ。

真唯とはさんざん恋人か親友かで争っておきながら、二週間だけでもすんなり紗月さんの恋人になるとか……。

不義理？　不健全？　心情的には不具合なんだけど……まあ、結果的にはこれも真唯と紗月さんを仲直りさせるためってことで、真唯のためになることだから！

友達の想いを裏切っていることにはならないでしょ！　たぶん！

人間関係って難しいなあー！

でも、まあ、うん。なんだかんだ、二週間後にはふたりは仲直りしてくれるって決まったわけだし。学校の気まずい雰囲気も、終わりが見えていればなんとかガマンできる。うん、うん。

と思っていられたのは朝だけだった！

「ちょっといいかい、れな子」

「え？　……げっ！」

わたしはお昼休み、真唯に呼び出された。

な、なんだこいつ！　王者の勘かなにかか⁉

廊下に出て、並んで歩く。

真唯の髪は結んだ状態。親友モードなのが少しだけ安心できるポイントだった。

「え、えと、屋上？」

「いや、悪いね。私の肌は紫外線に敏感で、今の時季は少し屋上には居づらくてさ。君との思い出の場所だから、もし屋上がいいなら、日傘を持っていくけれど」

「さすがに目立つでしょ……。ええと、だったらどこいくの？　空き教室とか？」

「静かな場所さ」

といっても、この学校で王塚真唯が密談できる場所なんてそう多くない。放課後ならまだしも、今はお昼休みだし。真唯も通りがかる生徒たちに、ひっきりなしに挨拶をされている。

それは真唯もわかってるだろうけど……いや、ほんとにわかってるのかな？　心配になってきた。放送室でマイクをオンにしたまま愛の告白とかされないよね……？　パーティー会場ならともかく、学校でそんなこと言われたら、わたしは全校生徒に無視されるのでは……。

真唯は昇降口で靴を履(は)き替え、そのまま外に出た。校舎裏の日陰にでも行くのかな？

違う。真唯の足はまっすぐに校門へと向かっている。なるほど。学校を出ての立ち話なら、少なくとも校内の生徒に見られる心配はないもんね。

それも違った。校門に黒塗りのリムジンが横付けされていた。

は？　……は？

運転手らしきスーツ姿の女性が降りてきて、後部座席のドアを開けた。

「さあどうぞ、ダーリン」

真唯に手のひらを取られて、中へと導かれる。

車内は、広々とした空間にビリヤード台みたいなテーブルが置いてあって、しかもガンガンにクーラーが効いていた。壁には洋酒の類(たぐい)がずらっと並んでいる。

うおおお……映画の世界……！

シートに腰を下ろすと、飲み込まれそうなぐらいふっかふかだ……。

真唯が向かいに座って、長い足を組む。とんでもない貫禄(かんろく)だ。

「ここなら誰にも聞かれることはない。思う存分、話ができるだろう？」

「いや、そうだけど……そうだけど!? そんな『いい考えだろう?』みたいな顔されても！発想力じゃなくて財力の勝利だよね!?」

「勝利に違いないなら、どちらでもいいじゃないか。さ、なにか飲むかい？ スコッチ？ バーボン？ それともカクテルを作らせようか」

「王塚家の法律と日本の法律は違うから！ どこのJKが休み時間にカクテル引っかけて授業に戻るんだよ！」

「ふたりだけの甘美なヒミツが、またひとつ増えてしまうね」

「ただのアルハラなんですけどね!? まさか同級生にされるとは思わなかったわ！」

そんなことを言い合っている間に、運転手さんがわたしたちのグラスにペリエを注いでくれた。よかった、ただのおしゃれな飲み物だ……。

いや、ほっとしてる場合じゃない。まだ本題に入ってないんだ。

呼び出されたのは、紗月さんの話に決まってる。ちゃんと真唯に説明しないと。テンパらず、きっちりと。

にこりと笑った真唯が、問いかけてくる。

「……最近、紗月と親しいみたいだけれど、いつからあんな関係になったんだい？」

「あの、えと、そ、そそそれはですね！」

いきなり頭が真っ白になった。本番に弱すぎる！

「それは、なんか、えーっと……なんだったか、えと……実は一昨日からっていうか、その、たまには紗月さんとも親交を温めてみようかな、的な！」

後頭部に手を当てたままのわたしは、はは、ははは、と笑って……。

「いや、あの……」

「うん？」

小首を傾げた真唯に、わたしはぐったりとうなだれた。

「すみませんでした……」

「どうしたんだい？　れな子。私に謝らなければならないことがあるのかい？」

「いや、なんだろう……なんとなくなんだけど……」

わたしは、ううー、と苦渋の顔でうなる。

「あのね、真唯……。わたしと真唯は友達だよね……」

「今は、とりあえずれまフレという関係に落ち着いているね」

わたしは架空のバスケットボールを持つように両手をふわふわさせながら、語る。

「こう、関わる人が増えてくると、そのときどきで周りの人同士の考え方がぶつかったり、求めるものがかぶったりして……そういう場合、わたしはどうすればいいんだろう、って……」

「まさか君から逆に相談されるとは」

真唯は苦笑いをしていた。

相談……？　そうか、これってそういうことなのか……。

「そうだね、わかるよ、れな子」

でも確かに、こうして見ると真唯ってとても頼りがいがある気がする。いや、そうか？　見た目の美人さに騙されているだけじゃないか？　脳。

「どうせ紗月は、私にとってよからぬことを企んでいるのだろう。そして君は紗月に協力しながらも、心のどこかで私に悪いと思っている。違うかい？」

「え……なんでわかるの？」

「そりゃわかるさ。私は王塚真唯だからね」

民（たみ）に慕（した）われるお姫様そのもののカリスマ性で、真唯はわたしの悩みを包み込んでいた。

「なんてかっこいい友達……」

親友ポジションの真唯に、目がハートになりそうになるのを自制する。

「そして君が私に悪いと思っているのは、私のことを心から愛しているからだ」

「いえ、それは違うけど」

秒で否定しても、真唯は特に気にしなかった。

「わかっているとも。君は友達想いの麗（うるわ）しい人だ。だからこそ、いつも板挟みに苦しんでいる。でもね、それは君の魅力だから、私は決して否定しないよ。誰のそばにいても構わない。最後にこの王塚真唯の下（もと）へ戻ってきてくれるのなら」

なんだこいつ……女帝か……!?

「むしろ、安心したよ。君と紗月が仲良くなるのは、私にとっても好ましいことだ。紗月はああ見えて優しいからね。君とも気が合うだろう」

あの真唯が、紗月さんのことをそんな風に言うなんて……。

華麗に髪をかきあげる真唯は、いつもよりもずっと大人に見えた。これが芦ケ谷高校のスパダリ……。全校生徒のハートを射貫いた太陽の女神……。

「ええと……真唯と紗月さんって、この学校に入る前からの、知り合いなんだよね」

「ああ、そうだよ。初めて出会ったのは、小学校五年生の春だ」

「小学校から」

それじゃあ幼馴染みみたいなものだ。ていうか、わたしは少し混乱した。

「ふたりにも、小学生の時代とかあったんだ……」

「突然この世界に発生したわけじゃないからね。といっても、君と出会えたのは高校生になってからでよかったよ。昔のわたしは、それはそれは愚かな娘だったからね」

「そうなの!?」

真唯は唇に手を当てて、恥じらいを見せた。

「ああ。人から好意を与えられるのが当たり前と思っていた、世間知らずのお嬢様さ。自分が恵まれていることに、気がつきもしない。無知で傲慢な女だった」

それ、今もあんまり変わっていないのでは……？　とは、さすがに真唯相手でも口に出すのははばかられた。

「紗月は、その頃からの私を知っている数少ない友人だ。正直、面映ゆい思いをするときもあるが……。私はれな子のことを運命の相手だと言っているだろう？」

「え？　うん」

急に話が変わった。

「私は君と出会った。その事実はなにがあろうとも変わらない。同じように、紗月は昔から私の隣にいてくれた。積み重ねてきた年月もまた、かけがえのないものだ」

「……うん、そうだね」

わたしは中学までの友達とは、もうほとんど交流がないけど……真唯の言っていることは、よくわかる。

妹なんかはわたしがとことん陰キャだったときも、不登校気味だったときも、変わらずそばで悪態をついていた。すごくウザったい瞬間も山ほどあったけど、なんだかんだプラスのほうが勝ってると思う。

けど、わたしはきっと真唯みたいに『あいつはいいやつだよ』とは素直に言えないだろうから、真唯はやっぱりオトナだと思う。

「っていうか……真唯って、紗月さんのことめっちゃ好きなんじゃん」

ただの友達じゃない。きっと、トクベツな友達なんだ。

真唯はふふふと笑う。

「それはどうかな。現に今、私たちはろくに話もしていない」

「そ、そうだよ、それ、それだよ！」

びしっと真唯を手のひらで指す。

「それだけ大切に思ってるんだったら、すぐに仲直りもできるんじゃないの？」

「仲直りと言われてもな。私は特に争っているつもりもない」

「ええー……？」

細い悲鳴をあげると、真唯は肩をすくめた。

「紗月は頑固で融通が利かないからな。あれがそうと決めたことなら、長引くだろう。いいさ、紗月のやりたいようにやらせてあげようじゃないか」

そう言って、余裕たっぷりに微笑んだ。

……でもそれ、なにげに爆弾発言なんだけど……。

「い、いいの？　本当に、やりたいようにやらせてあげても」

「私とれな子の時間を奪われるのは、少し苦しいけれどね。でも、それぐらいはいいじゃないか。れな子はそうしてあげたかったんだろう？　なら私は、君の気持ちを尊重するよ。どうか紗月をよろしく頼む」

女帝の度量を見せつけてくる真唯に、わたしはもう一度だけ確認をした。

「いいのね？　やりたいようにやらせてあげても、本当にいいのね!?」

「ああ、そう言っているじゃないか。私はれな子と卒業まで、ゆっくりと関係を深めていくと決めたのだ。少しの寄り道も、人生には必要だ。どっちみち、結婚が可能になるのは18才からだからね」

あるいはそれは、以前わたしに迷惑をかけてしまった失点を回復するための、真唯の強がりだったのかも知れないけれど……。

「そっか……わかった」

わたしは内心、真唯にめちゃくちゃ感謝した。

これで板挟みの息苦しさからは、ある程度は脱することができるだろう。

どこまでわかってて言ってくれているのかわからないけど……ありがとうね、真唯。

真唯は「ふう」とけだるげに息をはいた。

ペリエの入ったグラスを光にかざしながら、少しだけ表情を曇らせる。

「しかし、こんな風に君とふたりきりでいられると知っていたら、きょうは髪を下ろしてくればよかったな」

「で、でも、わたしは助かったよ。真唯が友達で、ちゃんと相談に乗ってくれて」

「そうかい？　なら、なによりだ」

真唯は穏やかに微笑んだ。

「ちなみに恋人なら、この四倍は優しく、もう二度となんの悩みも抱かなくなるほどに君を甘やかしてあげられるのだけど、どうかな？」

「どうかなじゃないよ！　そうやって人が少しでも成長しようとがんばってる努力の芽を摘み取ろうとしないで！」

ほんと真唯の注いでくれる愛情は、あまりに過剰すぎて甘ったるすぎて。

わたしにとっては角砂糖一個、友達ぐらいの距離感がちょうどいいのだった。

「それじゃあ、帰りましょう、甘織」

「う、うん」

とはいえ、真唯の見ている前だけど紗月さんと仲良く教室を出るぞー！　と急に気分を切り替えることはできないのが、わたしのわたしたるゆえん……。

紗月さんと連れ立って教室を出る途中、目が合った真唯に、控えめに手を振る。

「え、ええと……。また明日ね、王塚さん」

「ああ、気をつけて帰るんだよ。また明日」

ニコッと星が輝くような笑顔で挨拶をしてくる真唯の視線を、悪女が遮る。

「さ、早く行きましょう？　ねえ、あなた」

「あっ、やっ」

このタイミングでニュアンスの違う『あなた』は危険すぎます！　さすがに他の誰も気づいていないみたいだけど、匂わせが過ぎますよ、紗月さん！

「…………」

表面上は変わらず、セラミックプレートみたいな笑顔を浮かべていた真唯だけど、その頬が引きつっているような気がするんですけどお！

うう、わたしの身柄が、政治利用されている……。

廊下に出てから、わたしはあからさまにうなだれた。

「ちょっと強引じゃないですかね、紗月さん……」

「昨日言ったでしょ。いい目を見せてあげるって」

え!?

紗月さんは驚くわたしを横目に、薄く微笑んだ。

「それじゃあ、行きましょうか」

「ど、どこに……？」

「決まってるわ。いいところよ」

わたしは紗月さんに手を引かれ、とっておきの場所に連れていかれることになった……ひええ……。まだわたしたち、未成年ですよー……！

ああ……来てしまった、ヒミツの場所に……。

そこはちょっと古ぼけていて、静かで、どこか薄暗く、秘めやかな匂いの漂う空間だった。

辺りに人気はなく、ひんやりとした空気がわたしたちの体を包み込んでいる。

「って図書館じゃん！」

「そうだけれど」

「クーラーが効いてて涼しい！」

「よかったわね。はしゃいでないで、もう少し静かにしなさい」

はい。

ここは学校から少し離れた、区営の図書館だった。その自習コーナーに、わたしたちは並んで座っている。ちなみに紗月さんが普段読んでいる本は、ここで借りているものらしい。

「あの……ところで、いい目ってなんのことだったんですかね」

「それはもちろん、私があなたに勉強を教えてあげることよ」

「そっかぁ……」

紗月さんはきょとんとこちらを見返してきた。

「どうして顔を両手で覆っているの？　泣くほど嬉しかった……ってわけじゃないわよね」

「なんというか、わたしは汚れてしまったんだな、って……」

ここにたどり着くまで、どうしてわたしはあんなにピンク色の妄想を……。紗月さんがそんなことするわけないってわかってたはずなのに……。

「どうでもいいけど、来週は期末テストよ。どれぐらい勉強しているの？」

「え？」

なにその、勉強している前提の聞き方。

「さ、30分ぐらい……？」

する日もある……的な。宿題が多かった日とか……。

だって、学校でたっぷり勉強してきたのに、おうちに帰ってまで勉強するとか意味わかんないじゃん……？

紗月さんは眉をひそめた。

「それで、よく成績が維持できるわね。あなた、前回の平均点は何点ぐらいだったの？」

えと……。思い出しながら答えると、紗月さんは深くため息をついた。

あっ、傷つくリアクションだ！

「私ね、成績の悪い生徒とつるむ気はないの」

「さらに直接的な棘が突き刺さる……。うう、これでも平均を少し下回るぐらいで済んでますけど……」

芦ケ谷高校は、地元からちょっと離れたところに通うため受験をがんばって入った学校なので、周りのレベルが高いのです……。

「この私と付き合う相手なら、少なくとも学年で十番以内には入ってもらわないと困るわ」

「そんな、十番以内なんて……全世界で三人もいないんじゃ……⁉」

「十人はいるけど」

バカを見るような目で見られた。

「王塚真唯が学年トップなのは言うまでもないけど、瀬名も十番以内の常連だし、香穂だってそれぐらいやるわよ」

「そうなの⁉」

うわあ……ショック……。

紫陽花さんはともかく、香穂ちゃんはわたし側の人間だと勝手に思ってた……。

やはり陽キャの中の陽キャ。真唯とまともに話せる人種の時点で、トップエリートだったんだ……。生まれながらの平民、甘織れな子とは違う……。

ずーんと沈み込んでいると、紗月さんが横から顔を覗き込んできた。

急に視界に入ってくると、ドキッとしてしまう。

紗月さん、自分が美人なのは周りの評価で知っているみたいだけど、その顔の良さが与える影響に関しては、完全に無頓着(むとんちゃく)っぽいんだよね……。わたしにとっては、真唯も紗月さんも変わらないよ！

「どうでもいいけれど、甘織。あなたは他のみんなに劣等感を抱いているんでしょう。自分の努力で埋められるところがあるのなら、少しはがんばってみてもいいと思うけれど」

「う……」

紗月さんにまた正論で殴られている……。

「そうね、十番以内は言い過ぎたわ。誰かと無理に順位を競う必要はないわね。でも、自分の努力で成績があがっていくのは、楽しいと思わない？」

「それは、ちょっとわかるけど……」

対戦ゲームも同じだ。相手に勝つのは楽しいけれど、それよりも自分の腕が上達していく実感がわたしは好きだった。勝利の喜びは一瞬で、負けた悔しさで帳消しにされちゃうのに対し、上達の感動はいつまでもコツコツと積み重なってゆく。

思えば、笑顔の練習とか、メイクの特訓とか、地道に続けていくのは、けっこう向いているかもって思ったこともある。

だから、勉強かぁ……。

「まあ、成績があがったら、お母さんも喜んでくれるだろうけど……」

「いいこと尽くめね」

「確かに……」

「さ、始めましょう。あなたも教科書を出して」

「ふぁい」

それから、わたしたちは勉強会を始めた。

少なくとも、ドッキリ☆陽キャだらけのバーベキュー祭り！　みたいなのに比べたら、紗月さんとふたりきりのお勉強は、ムリムリぜったいムリ死ぬー！　ってほどではなかった。

「あの、紗月さん、ここを聞きたいんだけど」

「どれ？　ああ、これね。少し複雑よね。いい？　こういうのは考え方を工夫して――」

ていうか、かなり意外なことに、紗月さんの教え方はちゃんと上手だった。

わからない問題があると、どこがわからないのかをまず確認してから、一個一個、順を追って説明をしてくれるのだ。その間は決して怒らないし、苛立ちをにじませることもない。理路整然と、あくまでも辛抱強く付き合ってくれる。

「紗月さんってひょっとして、ダメな旦那を出世させてしまうような、良妻なのでは……。普段は冷たいのに、教えるときは優しくしてくれるとか……なにこの、アメとムチ」

「別に意識してやっているわけじゃないわ。でも、こんなところでヘンに厳しくしても仕方ないでしょ。叱れば覚えるというのなら、話は別だけど」

断固、今のままがいいです。

「紗月さんって実は、恋人にすると、『仕方ないわね』って言いながらも、いろいろと世話を焼いてくれるタイプ？　面倒見がいい女性……？」

「いたことないから、わからないけれど……」

紗月さんは眉根を寄せながらも、頬を赤くしていた。

「なんだか、あなたにそういう目で見られると、くすぐったいのだけれど……」

「え？　いや、あの、ちがっ、これは、意識しているとかじゃなくて、ただのたとえ話で。ただ単純に、紗月さんを恋人にした人は幸せだろうなって思って」

「……今はあなたが恋人でしょ」

「そっ、そうなんですけど」

照れ気味の紗月さんに、わたしも体がふわふわとしてくる。

あれ、なんだか、変だな、わたし。

わたわたと手を振り、顔が熱いのをごまかす。

「ほ、ほら、真唯とかだったら、わからないのがわからない、って顔するだろうに」

「その点をあいつと比べられるのは、私の精神に対する過度な暴力と等しいから、次から気をつけてくれる？」

「はい」

口をバッテンにして、わたしは黙り込んだ。

紗月さんと勉強に戻る。

「それで、ここはね」

白い指先が問題をなぞる仕草に妙な色気を感じてしまい、喉を鳴らしそうになる。

頭の中のミニ真唯を呼び出して、気持ちを鎮めないと！　ミニ真唯は『私のことは気にしないでくれ』と余裕たっぷりに微笑んでいた。役に立たぬ！

「私も昔はできなかったから」

「え？」

わたしが心を乱されている最中、紗月さんはそんなことをぽつりと口に出した。

「ずっと、要領が悪くてね。それは今も同じかもしれないけれど。勉強なんて、ぜんぜんできなかったから。少しも楽しくなかったし、同じところを何度も繰り返したわ」

紗月さんにもそんな時期が。

「それなのに、続けてたんだ」

「ムキになってね」

紗月さんはくすりと微笑む。

「悔しかったんだわ。誰も真唯には勝てなくて。勉強でも運動でも。みんなが真唯は特別だからってもてはやしているのが。そんなの違う。あいつはあいつで、ちゃんと努力していた。私はそれを知っていたから、同じ人間だもの、勝てないはずがないって何度も挑んでた」

その笑顔は自嘲でもなんでもない。

ただ昔を懐かしむだけの、セピア色のきれいな微笑みだった。

ふたりが今までたどってきた歩みの軌跡が、ほんの少しだけ、わたしにも見えた気がした。

真唯と紗月さん、今は学校で口利いてないけど、やっぱりぜったいに仲良しじゃん。もしかしたら、最初から心配することなんて、なかったのかも。

わたしはちょっと安心して、軽口を叩く。

「そっか……じゃあ、がんばれば、わたしも学年二位になれるかな？」

「努力すればね」

かつてわたしと同じだったらしい女の子は、そう言って微笑した。

わたしは単純だから、良妻賢母な奥さんに乗せられちゃいそうになる。

「だったら、ちょっとがんばっちゃおうかなー、なんて」

「ああ、ごめんなさい。訂正するわ」

紗月さんは、改めて微笑む。

「すべてをなげうって血反吐（ちへど）を吐くまで努力すれば、きっとね」

「ほどほどにしてもらいたい！」

紗月さんの違う一面を知ったその日だったんだけど。

その後、さらにとんでもない一面を知ってしまうことになるとは、思いもよらなかった。

ねーねー、マイマイ!!

香穂

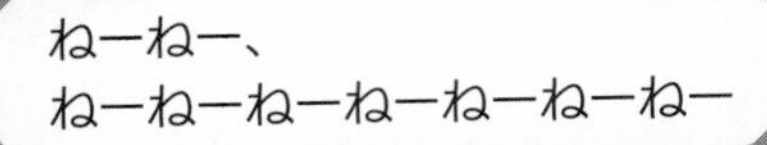

香穂

なんだい？

真唯

最近れなちんの様子がおかしいんだけど、まさかマイマイとケンカしてたりしないよね？

香穂

なんかサーちゃんとべったりになってるし!!

香穂

はは

真唯

それはありえないよ

真唯

よかった!!!!

香穂

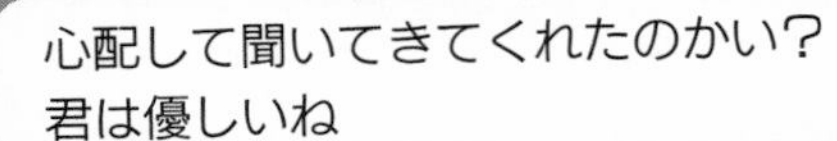

真唯

香穂：じゃあ、あたしはなにも
しなくていいんだね⁉

真唯：ああ、大丈夫だ。今はただ、あのふたりを
見守っていてくれ。私もね。あまり焦りすぎては
いけないということを学んだんだ。
彼女を苦しめたくないからね

香穂：そっかあ、よくわかんないけど、了解‼

真唯：ありがとう

香穂：へへ、好感度あがった？

香穂：あれ？　ねえ、ちょっと‼

香穂：あがった⁉

香穂：既読スルー‼‼‼

第二章　ふたりだけのヒミツが多すぎて、もうムリ！

人には、ぜったいに知られたくない弱みというものがある。

例えばわたしの場合、元陰キャだったという過去だ。

今のグループのみんなはいい子だから、わたしが陰キャだったと知っても、バカにしてこないだろうけど……。わたしが周りとの格差にいたたまれなくなって、何食わぬ顔でお付き合いすることがつらくなってしまうので、やっぱりこの秘密はお墓の中まで持っていくつもりだ。

けれども実際は、秘密を隠し通すのは難しい。なぜなら、生きている限り自分の過去を知る人間は現れてしまうからだ。それこそ、過去を抹消でもしない限り。

だから——。

「ねえねえ、お姉ちゃん。また真唯先輩とか紫陽花先輩、遊びに来ないの？」

「ええー？　そうそう来たりしないってば」

学校から帰ってきた夜。おうちで、リビングのソファーに寝っ転がりながら携帯ゲーム機をいじっていると、妹が顔を覗き込んできた。

「お姉ちゃん、大丈夫？」

「え、なにが？」

「いや……なんか、そういう陰キャいじりの一種だったりしないよね……？」

「違うよ!?」

なんてこと言いだすんだこいつ！

がばっと身を起こすものの、妹の視線は生暖かいまま。

「なんかね、思い出せば思い出すほど、あの陰キャのお姉ちゃんが真唯先輩とかと付き合うとか結婚するとか、ありえない気がしてきてさ。やっぱり夢を見ていたのかな」

「違うから！　現実だから！　いや結婚とかしないけど！」

きょうは両親が遅くなるからって、リビングで堂々とわたしと真唯の件を喋りよってからに。

「いい？　それぜったいにお母さんとかお父さんに言っちゃダメだよ？　あとわたしが陰キャだって、学校のみんなには内緒にしてるんだから、言わないでよね!?」

「もちろん、わかってるって」

妹はわたしのふとももをむにむにしてくる。

やめろ！　自分はスレンダーな体育会系だからって！

「ようやく訪れたお姉ちゃんの春を妬むほど、人間できてないわけじゃないから、あたし」

「このやろ……」

これか、この気持ちが真唯と紗月さんが互いに抱いている気持ちか。うん、ぜったい素直になれないわこれ。

わたしの心を（計画通りに？）ささくれ立たせた妹は、後頭部で手を組んだ。

「ああー、そういえばドーナツ食べたくなってきたなーあたし。ねえねえ、ドーナツ買いに行こうよ。一度入ってみたいドーナツ屋さんがあってさー」

「えー、めんどいからきょうはコンビニでいいって話したじゃん」

妹はお母さんからもらっていた晩ごはん代の二千円を、ひらひらと指で泳がす。

「ドーナツじゃないとあたし、なんかヘンな単語をぽろっと喋っちゃいそうで困っちゃうなー陰キャ陰キャ」

「ぶっころすぞこいつ！」

しかもリクエストは、駅四つ離れたところにあるドーナツ屋さんだった。わたしが完全犯罪の計画を練り始めるのも、そう遠くない未来かもしれない。

適当なTシャツに着替えて、わたしと妹はクイーンドーナツにやってきていた。

「やったー、お姉ちゃん大好きー」

「はいはい」

といっても、話しているうちにわたしもドーナツの口になってしまったのが、なんだか負けた気がする……。

　クイーンドーナツはここ数年で店舗展開を拡大したファストフード店で、甘いドーナツだけじゃなくて、惣菜パンみたいなドーナツもたくさん売ってたりする。それもうパン屋さんでは？　という気持ちがあるけど、どれも美味しいらしい。

　あと制服が目立つ。

　不思議の国のアリスみたいなフリフリのエプロンドレスだ。行ったことなかったけど、制服だけはあちこちから画像が回ってくるので、見覚え自体はかなりある。

　店内に入ると、レジカウンターの中には色とりどりのドーナツが陳列されていた。

「うわー、目移りするねー」

　妹は目を輝かせて素人丸出しの発言をしてたけど、わたしは違う。ちゃんと電車の中でメニュー表を吟味してたからね。

「わ、やば。お姉ちゃん、見て見て、めっちゃ美人な店員さんいるよ」

「へー……ま、美人は学校でじゅうぶん見慣れてますから？　わたし（ふぁさぁ）」

「真唯先輩と紫陽花先輩って、レンタル友達のお仕事とかしてたりするの？」

「月額一万円でお友達になってもらったりしてないから！」

　ああもう、話しかけないでよ！　今、目当てのドーナツ探してるんだから！

　頭の中で注文を何度もシミュレーションしてから、列に並ぶ。

こういうとき一分一秒でも店員さんを待たせてはならないという強迫観念に襲われるの、陰キャラだからとかじゃないよね。人として当たり前のことだよね。……だよね？

　不安を感じている間に、順番が回ってきた。

「いらっしゃいませ、店内でお召し上がりですか？　それともお持ち帰りですか？」

「あ、ええと」

　弾んだ声で出迎えられて、わたしは慌ててカウンター内のドーナツを指し示そうとする。

　そこで。

「は？」

　という間の抜けた声が間近から聞こえて、顔をあげる。

　カウンターの向こうに立っていたのは、黒髪のきれいなお姉さん。てか。

「…………え、紗月さん？」

　わたしと紗月さんはどちらもぽかんとした顔で、口を開いたまま見つめ合った。

「……うわ制服めちゃくちゃかわいいじゃん」

「…………」

　ハッ。

　今なにか、迂闊なことを口走ってしまった気がする。

「甘織」

土下座しても着てくれないようなキュート&ラブリーな格好をした紗月さんが、低い声を出す。コスプレ感丸出しだけど妙に似合って見えるのは、ぶっちゃけ単純に紗月さんが桁外れの美人だからだった。

「あ、えと、あの」

しかも人の気配を感じて隣を見ると、そこには「うん？」と首を傾げた妹が立っている。なんかいる!?　そうだ、わたしは妹と一緒にドーナツ屋に来たんだった！　思わぬ紗月さんとの遭遇に、一瞬記憶が飛んでた。

「え？　お姉ちゃんってこの美人店員さんとお知り合いなの!?」

「ていうか、クラスメイト、っていうか……」

「違うでしょ、甘織」

紗月さんはトングを手に、ふたりの関係を明瞭に言い表した。

「妹さんね、初めまして。甘織れな子さんとお付き合いをさせてもらっている、琴紗月と言います」

「付き合ってる!?」

妹がすさまじい目でこっちを見てきた。

わなわなと妹の口が震えている。こんな顔は、わたしが中学の修学旅行で友達がいないから、風邪でもひいてサボろうと、氷風呂に入っていたところを見られて以来だ……。

ていうか、いや、あの……。

「え、なに、ふたま……？　あ、いや、えと、そ、そうなんですねあはは！！」

気を遣って『二股』って言葉を飲み込む妹。がちっぽいからやめて。

「そ、それはいいとして！　あの、注文、注文をお願いします！」

妹はまだまだ話したそうな顔をしてたけど、会話を打ち切ってメニューを指差す。

これは、帰ったらまた妹に捕まっちゃうな……。説明責任を果たせと迫られそうだ……。胃の中に鉛を流し込まれたような気分になる。

ていうかそれ以前にだ。

「甘織。私、あと15分で退勤だから、少し待っててもらえないかしら」

「え？」

紗月さんはにっこりと営業スマイルを浮かべた。

目の奥が笑っていなかった。

「待っててもらえる？」

「はい」

いったいどんな用があるのかわからないけれど、ここで逃げたら家にまで押しかけられるような圧を感じた。紗月さんと妹との三つ巴大決戦とか、甘織れな子は骨も残らないだろう。

それならまだひとりずつのほうがいい……。

「というわけで、妹よ……。先に帰って食べててくれ……」

「それはいいけど、お姉ちゃん。帰ったらあたしからもお話があるからね」

妹に心の胸ぐらをがっしりと摑まれている気分だ。

めちゃくちゃ勘違いされている……。

いや、これはさすがに紗月さんのせいでしょ!?　ねえ、紗月さん！　ちょっと！

妹はテイクアウトのドーナツを持って帰っていった。

虚ろな目でスマホを眺めながら、わたしは店内のイートインエリアで、揚げたてのドーナツを食べた。

おひとりさまでも、わたしはあんまり人の目は気にならないタイプだ。むしろひとりの外食のほうが落ち着くまである。評判のドーナツはカリカリでおいしかった。

15分後。紗月さんがカウンターの奥に引っ込んでいったのを見て、わたしもトレイを片付けてお店の裏口へと回る。

裏では、紗月さんがゴミ出しをしていた。バイト仲間っぽいお姉さんもふたりいて、なにやらみんなでダべってる。入りづらい。

遠くでコソコソ様子を窺っていると、わたしに気づいた紗月さんが「あら」と声をあげた。

「甘織、ごめんなさい。支度をしてくるから、ちょっと待っててね」

「あ、琴ちゃんのお友達だー？」

「えー、JK？　えー、かわい！」

「えへ、へへへ……」

ちやほやされるのに慣れておらず、ヘンな笑い声が漏れる。

あっ、紗月さんがお店に戻っていっちゃった！　わたしが見知らぬお姉さんたちの間に取り残される。

「琴ちゃんさ、まだ入って一ヶ月ちょっとなのに、もうすっごく頼りになっちゃうんだよね」

「なんでもすぐ覚えちゃうんだから、すっごいよねー」

「ね、キミ学校のお友達だよね？　琴ちゃんてどんな感じ？　真面目で一生懸命で、クラス委員長とかやってそうだよね」

「あ、わかるー。仕切るのとかすっごい上手そうー」

「いやあの、ええと、そ、そうですね！　頭良くて、頼りになる友達です！」

今は、教室でずっと文庫本を読んでて、誰とも関わらないようにしているんですけどね！

どうやら、バイト先の紗月さんはかなりがんばってコミュニケーションを取っているようだ。

なんか、親近感わく……！

「彼氏とかいるのかなー、琴ちゃん。あんなに美人なんだから、いそうだよねー」

「きっと生徒会長してるイケメンの先輩とかだよね。幼馴染みとかさ」

「似合うー！」

あははと明るく笑い合う制服のお姉さん方。

あの子は彼氏じゃなくて彼女がいて、その上、イケメンじゃなくてとびきり美人の幼馴染みもいます。

とは言えず、わたしは唯一のスキルである『愛想笑い』を繰り出していた。笑顔は万能の魔法なので。（そういう意味ではない）

そうしてお姉さんたちに構ってもらっていると、私服に着替えた紗月さんが出てきた。

「それじゃあお疲れさまです。お先、失礼いたします」

『はーい、おつかれー』

ちゃんと頭を下げてからこちらにやってくる紗月さん。礼儀がなっている。

「じゃあ、行きましょうか、甘織」

「う、うん」

夜道を並んで歩く。紗月さんの足取りは、駅へと向かっていた。

さて……なぜ残らされたのかわからない以上、ここからは地雷処理だ。なにが紗月さんの地雷で、なにがそうじゃないのか、見極めなければならない。

マインスイーパーの上級をクリアーしたこともあるわたしの実力が試される。

「えーっと……アルバイトしてたんだねー、紗月さん」

「…………」

初手地雷!?

紗月さんは額（ひたい）に手を当てて、小さく首を振った。

「よりにもよって、あなたに見られるとは」

あうあう。違うんです。きょうは妹がたまたまクイーンドーナツ行こうって言って、それで連れてこられて……。

「だ、大丈夫だよ、うちの学校アルバイト禁止してないから校則違反じゃないし！　法にも触れてないよ！」

「それでフォローしてるつもりなの、すごいわねあなた」

たぶん褒（ほ）められていない気がする。

「あなた、口は堅いほう?」

「そ、それはもちろん！　紗月さんが嫌なら、ぜったい誰にも言わないよ！」

校則違反や法律に抵触するのと同じくらい、あるいはもっと大事なことがあるとしたら、それはやっぱり、本人の気持ちだ。

紗月さんがどんな理由でアルバイトをしているのかわかんないけど、知られたくないっていうことをべらべら喋ったりしない。

だって、わたしもスネに傷もつ仲間だから！

「というわけで、紗月さん。わたしは大丈夫だから安心して。甘織れな子を信じてあげて」

ぐっと拳を握って情に訴えても、紗月さんはしらーっとした目をしていた。

「嫌よ。できないわ」

「なんでー!?」

「……私は、性格悪いから。そんなに簡単に人を信用したりできないもの」

「そっ、そんなことないよ！　紗月さん、性格いいよ！」

「…………」

「ごめんなさい」

「謝られるのもそれはそれでムカつくわね……」

そういう風に傷口に塩を擦り込んでくるあたり、性格云々の説得力があった。

「いや、でも、一応恋人なのに……」

「なんの関係があるの？」

「えっ!?　いや、それは、わたしを信頼して恋人契約の誘いをしてくれたんじゃ……」

「あいつの言う『運命の人』はあなたしかいないんだから、私に選ぶ権利なんてなかったでしょう。お互いの関係性が変わっただけで、あなたの人間性まで突如として変質して、人のヒミツを絶対に打ち明けない善人に変貌したりしないわ」

ごもっともだけど！

「そうだよね……。わたしは紫陽花さんや香穂ちゃんみたいな、いい子じゃないしね……」

「香穂は……」

紗月さんの声のトーンが一段階落ちる。

「あなたがあの子のことをどう思っているかは知らないけど、そこまでいい子ではない、かしらね……。まあ、面白い子よ」

「えっ、そうなの？　あ、そういえば紗月さんって確かに香穂ちゃんと仲良いよね」

「仲良い……。うん、まあ、そうね。体よく利用されているだけの気もするけれど」

利用!?　紗月さんが香穂ちゃんを、じゃなくて、その逆!?

どういうことなんだ……。

「どんなに気になっても、このことは、誰にも話す気はないから。ここでおしまいよ」

「そっか……」

香穂ちゃんに対する謎が、ただ深まっただけだった。いつも明るくかわいいマスコットキャラの香穂ちゃんに、いったいなにが……。

「え、紫陽花さんもなんかあったりしないよね？」

わたしはおどおどしながら尋ねる。

紗月さんがスッと目を細めた。

「……誰にも言わない？」

「えっ!?!?!?」

そりゃ、あまりにも人格者な紫陽花さんだ。一個や二個は心に闇を抱えていてもおかしくはない。というか、抱えていないほうが不自然だ。

夜な夜な街を徘徊しては、野良猫にイヌの被り物をつけてニヤニヤ笑っているとか……そういう闇があるはずなんだ。そうじゃなければ、あんな善人がこの人間社会でバランス取ってやっていけるわけない。

でも、そんな紫陽花さんの話、聞きたくない！　ウソ、ちょっとは聞きたい！　ごめん、めっちゃ興味ある！　紫陽花さんのことなんでも知りたい！

「い、言わない！」

「そう……」

紗月さんは目を伏せた。

どれだけ言いづらいことなんだ。

わたしは下腹に力を込める。

「瀬名は」

「うん」

「私が昼休み、学食でお弁当を広げて、ひとりで食事をしていたりするとね」

「う、うん」

「いつの間にか隣にやってきて、きょうのあなたたちはどうだったとか、最近のテレビの話とか。ずーっと他愛のないおしゃべりをしてくるのよ。それも、楽しそうにね」

紗月さんの口ぶりは、完全に怪談を語るときのそれだった。

「………それって」

わたしは生唾を飲み込んだ。

紗月さんは眉間にシワを寄せる。

「しかも本人はあなたたちとお昼を食べてきただろうから、お腹いっぱいのはずなのに。私に気を遣わせまいとしてね。おにぎりとか菓子パンを持ってきて、あくまでも一緒に食事をしているフリを続けているの」

それを聞いて、心の中の紫陽花さんは『えへへ』と恥ずかしそうに照れ笑いをしていた。

叫ぶ。

「ただのハイパー超絶いい子じゃん！」

「そうね」

自称性格の悪い紗月さんすらも認めた。

「なにをどうすればあんな人間が誕生するのか、皆目見当もつかないわね」

苦虫を嚙み潰したような顔である。

人を褒めるときこんな顔する人いる？

「さすがに瀬名を信頼できないって言ったら、人間的欠陥があるとしか思えないわね……」

「すごい……」

あの紗月さんの心すらも解錠する人間性……。

紫陽花さんの闇は、いったいどこにあるんだ……？　もしかして、ないのか？　闇がない人間なんているのか？　そもそも紫陽花さんは人間じゃなかった。天使だった。

「紫陽花さんと比べられたら、わたしの信頼度なんて置き引き常習犯並みだよね……」

「それよりは、もう少しあるけど……」

わたしの濁った声は、紗月さんからフォローが入るほどだった。

「でも、まあ」

先を歩く紗月さんは、少しだけ気まずそうにして、言う。

信頼できないわたしに対して、あまりにも剣呑（けんのん）な言葉を。

「毒を食らわば皿まで、って言葉、知っている？」

妹よ。お姉ちゃんはおまえと甘いドーナツを食べに来ただけで、最終的に口の中に毒を突っ込まれそうだぞ。

駅からしばらく夜道を遠くまで歩いて、やってきたのは。

「ここよ」

なんて言えばいいのか。

端的に表現すれば『ボロアパート』だった。

二階建てで、外壁は塗装が剝(はが)れ落ちている。外側の鉄階段は錆(さび)だらけ。何台もタイヤの外れた放置自転車が転がっていた。

一階の、手前から二番目のドアに『琴』の表札がかかっている。

わたしが固まっていると、紗月さんはノブに鍵を差し込む。何度かガチャガチャしたあと、建てつけの悪くなったドアを開けて「ただいま」と入ってゆく。

えーっと……。

「どうしたの?」

「あ、いや」

玄関で振り向いてくる紗月さんは、ヘンゼルとグレーテルを招き入れたお菓子の家の魔女みたいに笑っている。

「遠慮しないで。私たち、付き合っているんでしょう」

「お、お邪魔します……」

のこのことダンジョンに足を踏み入れるわたし。嫌な予感がピリピリと肌を刺す。

紗月さんは狭い廊下を通って、引き戸を開いた。部屋の電気をつけて、手のひらで示す。

「さあどうぞ。私の部屋よ」

「えーっと……」

「狭い我が家だけど、ゆっくりしていって。比喩じゃないわよ」

「なんで念のために付け加えるんですか!?」

「甘織の表情が思った以上に硬いから、少し和ませようと……」

「そら意図も説明されずに不穏なことばっかり言われたら、こんなふうにもなるってば！」

「そうかしら、そうかもしれないわね」

紗月さんはスクールバッグを部屋の端っこに置く。ちゃぶ台を組み立てて中央に配置すると、わたしに座布団を手渡してきた。

わたしの部屋の半分ぐらいの広さの和室には、古びた洋服ダンスや小さな本棚、姿見、それに扇風機などが置かれている。ここが、紗月さんのお部屋……。

わたしはおずおずと座布団の上に正座する。

「それで、どう？」

「な、なにがですか？」

「わたしの部屋を見て、なにか感想は？」

「……風情がありますね。いとおかし、的な」

至極真面目に答えたのに、それは紗月さんの求めるものではなかったようだ。

「狭いでしょ」

「ええと……」

「いいのよ、別に。ただの事実だから」

まるで吐き捨てるように言った。

これをわたしに見せたかったんだろうか、紗月さんは。

わたしの罪悪感を刺激して、口を固くしようって、そういう作戦？　そんなことしなくても、誰にも言ったりしないのに。

そこまで信用されていないのかと、寂しい気持ちになる。わたしたちはまだ友達じゃないかもしれないけど、だからって同じグループには所属しているのに……。

「あのさ、紗月さん。わたしは」

別にどんな理由でアルバイトしていてもいいと思うし、紗月さんのこんな一面を見たって、別に、なんとも思わないって言おうとしたそのとき。

「あー！」

取り替えたばかりの蛍光灯みたいな、明るい声が響いた。

ずざざざ、と何者かが滑り込んでくる。現れたのは、紗月さんの髪にパーマをかけたような、黒髪の美人さんだった。

「なになに!?　友達!?　紗月ちゃんってば、友達いたの!?」

「普通にいます」

「はー！　あの紗月ちゃんが友達連れてくるなんて！　きょう、お赤飯炊こうかね!?」

「いや、そういうものじゃないでしょう……」

長身の美女の正体は、ひと目でわかった。

やや吊り上がった切れ長の目に、自前の大きな黒い瞳。ばっちりと長い下まつげ。総じて顔の造形が似すぎている。紗月さんのお姉さんだ。

「あっ、あの、初めまして、お姉さん。いつも紗月さんにはお世話になっております」

多少つっかえつつも、ぺこりと頭を下げる。

お姉さんはとにかく人懐っこい笑みを浮かべていた。

「えー!?　そうねえ、紗月ちゃんがよくしてもらっているようで、ありがたいことにねえ、ほんとねえ。紗月ちゃんってばこんなんでしょ？　だから学校でもいじめられてないか、心配してたのよねえ。紗月ちゃんって大人しいし気のちっちゃいところあるし。ああでもねえ、すっごくいい子なのはほんとなのよお」

めちゃくちゃ喋られた。

口を挟む暇（ひま）がなくて、圧倒されてしまう。

しかも大人しくて気が小さい？　誰だ。わたしの話かな？

はあ、と紗月さんがため息をつく。

「めんどくさいですね、ほんと……」

「えーめんどくさくないよ、ぜんぜんめんどくさくないって。あーあ時間があったら学校での紗月ちゃんの話聞きたかったのになあ。お姉ちゃん紗月ちゃんのこと大好きだから、お姉ちゃんね、お姉ちゃん。うふふ、そういえばこないだ紗月ちゃんこんなことがあってね」

お姉さんを腕で押しのけて、紗月さんがゆっくりと首を振った。

「あのね、甘織。これは姉じゃなくて、母よ」

「マ!?」

うっそ、だってこんなに若いのに……。

美女の遺伝子って老化にも効くのか……?

めちゃくちゃびっくりしてると、紗月母はでへへと笑う。

「えーもうちょっとお姉ちゃんって言われたかったのにぃー。紗月ちゃんのけちんぼー」

「やめて、母さん……」

紗月さんはフルラウンド戦い抜いたボクサーみたいに、ぐったりしていた。

「えっ、ほんとに……？　お母さん、めちゃくちゃかわいいですね……」

「いいから甘織、褒めなくて。野良犬に餌をあげないように」

「紗月ちゃんひどいっ！」

紗月母は、ぷーと頬を膨らませる。

娘さんにそっくりなのに目がキラッキラしてるから、脳がバグを引き起こしそう。大人になって雰囲気が丸くなった紗月さんって、こんな感じなのかな。パラレルワールドの紗月さんか……？　真唯に出会わなかった世界線の紗月さんかもしれない。

「ていうか母さん、きょうは仕事じゃなかったんですか」

「うん、そうなの。でも、お客さんと待ち合わせてから行くから、ちょっと遅出なのよお」

「そうなんですか……失敗したな……」

まあ、うん……。身内がグイグイ来ると、すっごいもにょるよね……。

わたしも妹が真唯と紫陽花さんの間に入り込んできたときには、どうしようかと思っちゃったもんな。わかるよ、紗月さん。

「あ、でもさすがにそろそろ準備しなきゃ。ええと、甘織ちゃん！」

「はっ、はい」

紗月母がわたしの手をぎゅっと握る。大人の香りがした。

「紗月ちゃんをよろしくお願いねえ。この子、女の子なのにぜんぜん愛嬌（あいきょう）ないけど、でも、ほんといいこなのよ、こないだ私の誕生日には手編みの靴下くれたんだから。編み物の本借りてきて、友達にも教わって、ずっと練習してたんだーって」

「母さん！」

「うふふっ、こわいこわい。じゃあゆっくりしていってねえ！」

こうして、紗月母は去っていった。紗月さんが学校で話す一日の会話量よりも多くを喋って。

残されたわたしと、紗月さん。そして、居たたまれない沈黙……。

せめて最後のそれには抗(あらが)おうと、紗月さんがつぶやく。

「あれが、私の母よ」

「う、うん」

「勘違いしないでね。バカに見えたかもしれないけど、一応、女手一つで私を育ててくれた人だから。いや、本当にバカなのかもしれないけれど……」

バカには見えなかったけど、でも、むちゃくちゃ楽しそうだったな……。

「紗月さん、だからアルバイトを」

「やめて、母のなにかを見て、私を理解した気にならないで」

「あっ、はい」

単純に家計を支えているのかな、すごいな、って思っただけなんだけど……。

そういう目で見られるのも嫌なのか、紗月さん……。

しかし、紗月さんは考えを改めるみたいに、首を振った。

「……でも、そうね。これがお見合い結婚なら、大事なことだものね。性格、仕事ときたら、次は家柄でしょう」

「……それが、『毒を食らわば皿まで』ってやつ？」

「そうよ。隠していたわけじゃないけれど、言わないで黙っているのも気持ち悪いから」

紗月さんの目から光が失われていた。

「家を見せて、アルバイト先の恥ずかしい格好を見られた分、少し意地悪をしてから、駅まで送っていくつもりだったんだけど」

「う、うん」

「ここまで見せる気はなかったわ。私はもうおしまいよ」

紗月さんは、その場に力なく座り込んだ。

つ、つらぁ……。家でのキャラを母に暴露されるとか……。

わたしの中の共感性羞恥がビンビンに反応してる。

「だ、大丈夫だよ、紗月さん……。わたしは誰にも言ったりしないから……」

「信用できないわ……。どうせ明日には全校生徒に知れ渡っているのよ……。私が母さんの誕生日に、冷え性対策の毛糸の靴下をプレゼントするような女だって……」

「いいことじゃん!?」

「クールぶって男女にそっけない態度を取っておきながら、母さんには優しいマザコンなんだって、後ろ指を差されながら生きていくの……」

「ただの親孝行なのに……！」

紗月さんはすっかりとふさぎ込んでしまった。

こ、これが、紗月母の言ってた大人しくて気が弱い部分……!?

でも実際、紗月さんは学校ではめちゃくちゃかっこいい美人って思われているからな……。そんな美人が親孝行してるって、ギャップでプラス要素にしかならないだろうに……。

ど、どうしよう。

ここで『あ、そろそろ夜遅いから、わたし帰るね。また明日！』って言っちゃう? 常に第一選択肢に逃亡を選ぼうとするんじゃない、甘織れな子！ それこそ、紗月さんがひとりぼっちの高校三年間を送るぞ！

うう、とわたしは苦悶する。

「あ、あの、あのお！」

「……なに……?」

水に濡れた長毛種の猫みたいになっている紗月さんが、顔をあげる。

「わ、わた、わたしね」

どうしてこんなことを言いだそうとしているのか、わからない。

ただ、紗月さんがぜったいに見られたくないところを見られて傷ついてしまったのだったら、わたしがのうのうと無傷でいるのは、あまりにも申し訳がなかったのだ。

不器用なわたしは空を飛べたりしないから、せいぜい相手と同じ高さにまで落ちていくことしかできない。

少しでも紗月さんの慰め(なぐさ)になれたらと、告げる。

「わたしね！　高校デビューするまで、ずっと陰キャだったの！」

言った、言ってしまった。

これだけは誰にも知られたくなかった。わたしの中学時代の話なんて、真唯にすらしていないのに。

ついに、わたしが墓場まで持っていこうとしていた秘密を、紗月さんにだけ打ち明けてしまった。

こわい。紗月さんのリアクションを見るのが。

そんな力いっぱいの言葉に、紗月さんは――。

小さく顔をあげて、言った。

「そう」

「リアクション薄っ!?」

愕然（がくぜん）とする。

紗月さんはうつろな目でぼそぼそと。

「いや、だって……なんか、『なるほど』って感情しかないわ」

「なるほど!?　あんなにも高校デビューに大成功したわたしに向かって、なるほどってなに!?」

「たまに挙動がおかしいし、やけに自分を卑下したり、自己評価低いし。目が泳いでいるときがよくあるし、かと思えばひとりでスマホを見ているときは幸せそうだったりするし」

「やめて！　分析しないで！」

「逆に聞きたいけどあなた、そう打ち明けて『えっ、根っからの陽キャだと思ってた！』って反応が返ってくるとでも思ってたの？　どうかしているわ。瀬名でも苦笑いするわよ」

わたしは打ちひしがれた。

「がんばってきたのに！」

立ち上がる。泣きながら、頭を抱えた。

「わたし、自分を変えようと、ずっとがんばって……。それなのに、過去はいつだってわたしの後ろを追いかけてくるんだー！」

「あっ、ちょっと」

紗月さんの声も振り切って、そのままアパートを飛び出した。

いっぱいいっぱいになって、思わず屋上に逃げ出しちゃったあの日のように。

わたしは夜の街をがむしゃらに走って。

そして、迷子になった。


えぐ、えぐ……ここどこ……。

スマホのバッテリー切れたし、辺り暗いし、人も車もまったく通らないし、そもそも通ったところで道を尋ねるなんてわたしにできるはずないし……。

肌寒くなってきたし、心細いし、なんか田んぼがあるし……。

もうだめだ、わたしはここで死ぬんだ。

こんなことなら、真唯にもうちょっと優しくしてあげればよかった……な……。

道端に座り込んで、ぼーっと空を見上げる。

雲に覆われて薄ぼんやりと輝く月がきれいだった。

あんな風に、きれいなものに憧れていた。

わたしにとってそれは、いつだって自分じゃない誰かだった。

例えば小学校の同級生たちがインスタで映えている姿だったり。クラスで燦然と光を放つ太陽のような女、王塚真唯だったり。

遠くから眺めているだけだったら、きっとこんな風に苦しんだりせず、済んだんだろう。

だけど、わたしは自分もそうなりたいって思ってしまったから。

例えばそれは、太陽の輝きを浴びて輝く月みたいに。

「み、見つけた……」

顔をあげる。

そこには――。

長い髪を後ろにまとめて、息を切らした、紗月さんが立っていた。

「え……」

ぱちぱちとまばたきを繰り返し、彼女を見上げる。

「なんでここに……紗月さん……」

「あなたの行きそうな場所なんて、わかるわ」

わたしの心を見通す瞳を歪（ゆが）めて、紗月さんはすぐにため息をつく。

「……と言いたいところだけど、ぜんぜんわからなかったから、ふつうに走り回って捜したわ。ほら、これ」

「あ、わたしのおサイフ……」

「忘れたんじゃ、電車でも帰れないでしょ」

ぽんと渡されて、今までサイフのことすら頭になかったことに気づく。

わたしはどうしようもない女だ。

こんな夜中に、紗月さんにわざわざ探し回らせてしまった。

「うう、紗月さん……迷惑かけてごめんなさい……」

どれだけ怒られても仕方ないと身をすくめていると。

「いいわよ、別に」

紗月さんは、そっけない口調で言い放つ。

「そういうの慣れてるから、私」

紗月さんは控えめに手を差し出してきた。

わたしは何度も自分の手と紗月さんの手を見比べてから、おずおずと手を伸ばす。

手を引かれて、立ち上がる。

前みたいにひんやりとしているんじゃなくて、ちょっと汗がにじんだ紗月さんの温かな手。

ほんとに走り回って捜してくれたんだ。

「まったく、ばかね」

「うん……ごめんなさい」

なぜだろうか、紗月さんのいつもどおりの態度が、どうしようもなく優しい人のように見えてしまった。

そのまま、手は繋いで、しばらく歩いていた。

いつの間にか雲が晴れて、お空に浮かぶ月が足元を照らしてくれている。

「母は、夜のお仕事をしていてね」

「うん」

「だから、朝方に酔いつぶれて帰ってくることもよくあって、しょっちゅう人の面倒見てるの。母だけじゃなくて……図体ばっかりでかい女も、よく我が家に転がり込んでくるしね」

「そうなんだ」

「ええ」

胸の中で言葉を持て余していると、紗月さんが繋いだ手に力を込めてくる。

「どうして？」

「え？」

言葉の足りない紗月さんが、平坦な声色で重ねて問いかけてくる。

「どうして、陽キャになろうと思ったの」

わたしに興味があるとは思えないので、その場を繋ぐための質問だったんだろうけど。

「ええと……なんというか、羨ましかったので……」

「……それは、なにが？」

「友達がいっぱいいて、賑やかで、学校帰りに買い食いしたり、そのうち恋人なんかも作っちゃったり……。そういう、自分だけじゃない楽しみが、なんか、すごく羨ましくなっちゃって……」

しばらく迷子で暗闇の中にひとりでいたせいか、他人と会話できることに安心感を覚えているのかもしれない。

紗月さんにはどうでもいいことを、ついつい喋りすぎてしまう。

「ふーん……」

またも薄いリアクションだったけど、まあいいかと思う。

　別にこれは、わかってほしくて言ってるわけじゃないから。

「おうちに帰ってきてゲームをする毎日も、いやじゃなかったっていうか、ぜんぜんわたしは楽しかったんだけど……でもなんか、それだけだったら、別にいつでもできるわけだから……。そうじゃないこともしたくなったっていうか……」

　たどたどしく語る。

　わたし、こうして言葉にすると、なんか、贅沢だな……。身の丈に合わない願いを抱いて大海に漕ぎ出した、愚か者……。

　自分で選んだくせに、限界状態になって逃げ出したりするんだから、ほんと最悪だ。

「そう」

　紗月さんは水面に波紋も立たなさそうなほど、小さく、静かにうなずいた。

「あなたにとっては、大切なことだったのね」

「う、うん……」

「だったら、ありがとう。話してくれて」

　なんだろう、これ。この感じ……。

　恥ずかしいような、くすぐったいような気分だ。

　もし真っ昼間だったら、胸がうずいて、取り出した心臓をかきむしりたくなっただろう。けど、わたしを見ているのはお月さまと、紗月さんだけ。

話してくれてありがとうだなんて言われると、話してよかったな、って調子に乗ってしまいそうになる。

まるで、紗月さんとなにかを共有できたような気がして。

たぶん、きっと。大切ななにかを。

「さてと」

「えっ、あっ、駅じゃない！　ここ紗月さんちだ！」

「体、冷えてるでしょ。いくら七月だからって、手もこんなに冷たくなって。お風呂沸かすから。今夜は泊まっていくといいわ」

「ええ？　さすがにそれは悪い……」

と言いかけて、わたしは思い出した。

そういえばきょうは家で妹が待っているんだ。

わたしが真唯と紗月さんを二股したと勘違いしている妹が、鬼のように目を尖らせて。

相手にするのがあまりにもめんどくさい……。うう……。

「おうちに連絡するなら、私のスマホを使って」

「……ハイ」

お言葉に甘えてしまうことにした。

この家に来たばかりのわたしだったら、ぜったいに泊まっていこうなんて思わなかったんだろうけど……ちょっとは、心の距離、縮んだのかな。

改めて、紗月さんちにお邪魔する。アパートは年季が入ってて部屋も広々というわけじゃないけど、よくよく見ればカーテンには刺繍があしらわれていたり、キッチンはたくさんの調味料がキチンと整理整頓されていたり。生活感の中にも華やかさが見え隠れしていた。

さっきは気づかなかったな。なんか……居心地、いいかも。

さっそく紗月さんのスマホを借りて、家に電話をかける。げ、てかもうこんな時間だったのか……。そりゃまあ、すごい心配されてしまったけれど、勢いで押し通した。

「はあ……。明日の学校前には、ちゃんと帰って着替えてこなきゃ……」

「適当な理由をつけて、ジャージ登校したら？　貸してあげるわよ」

「紗月さんのジャージを借りて、紗月さんちから一緒に登校……」

思い描く。脳内真唯が『オアアアアアー！』と叫び声をあげて憤死していた。

「さすがにまずいんじゃないですかね!?」

「そう？　私はどっちでもいいけれど……ククク……」

「うっわ、悪い顔ぉ……」

真唯に一泡吹かせるためにわたしを利用するのやめてほしいけど、そもそもこの関係の発端そのものだった……。

「お風呂沸いたわよ。下着も買い置きがあるから、使っていいわ」

「えっ、悪いよそんな」

「3枚980円のだから、326円ね。端数はオマケしてあげる」

「ちゃんとお金取るんだ!?　いや、真唯よりぜんぜんいいけど！」

なんでも払いたがる女より、紗月さんぐらい割り切ってもらえたほうが付き合う相手としては楽だ。いや、付き合うってそういう意味じゃなくてですね！

「じゃあ、お風呂いただきます」

「ん」

部屋着に着替えてる紗月さんに断ってから、脱衣所へ。

着てた服を脱いでカゴに放り込み、浴室に入る。ステンレスのお風呂だ。しかしパチパチとスイッチを押しても、電気がつかない。

「あれ」

電球切れているのかな……。

やっぱり築年数が経っていらっしゃるから……。

体にお湯をかけてから、恐る恐る浴槽に足を踏み入れる。温まる……けど、どこか心細い。

うう、さすがに外の月明かりだけじゃ、一寸先も闇だ。

「バスタオル置いておくわよ……って、甘織、ちょっとどうして真っ暗闇で入ってるの」

と、足を抱えてお湯に浸かっていると、様子を見に来た紗月さんがびっくりしていた。

「えっ？　電気つかなかったから……？」

「ああ……そうよね、ごめんなさい。ちょっと待っててね」

脱衣所でごそごそという音がする。なんだろうか。

すると、浴室のドアが開いて、紗月さんが入ってきた。

「ってなんで裸なんですか!?」

「せっかくだから」

「いやちょっとわかんないんですけど！」

「あなた、あの女とホテルで一緒にお風呂入ったんでしょう。だったら、これで勝負は一対一ってことになるわね」

「なんなの!?　道に迷った挙げ句、れな子と人生で何回お風呂に入ったかが価値をもつ異世界にやってきたのかわたしは!?」

「うるさいし、狭いわね……。もうちょっとそっちに詰めなさいよ」

「うるさいのも狭いのも紗月さんのせいだよぉ！」

命拾いしたのは、真っ暗だから紗月さんの裸体もぼんやりとしか見えないことだった。これでライトが煌々(こうこう)と照っていたら、永久に壁を向いているはめになっていた……。

ふたり分のスペースがないから、紗月さんは浴槽のふちに腰掛けて、脚を組んでいた。

「甘織、ちょっと足をどけて」

「え？　あ、はい」

足を折りたたんだ直後だ。

お風呂の中にぷかりと明かりが浮かんできた。

まるで魔法だ。幻想的な光に、目を奪われる。

「これって……？」

「特製のバスライトよ。でもね、これだけじゃないわ」

さらに紗月さんはシャワーの前にあった間接照明のスイッチをつける。

すると、浴室の壁に描かれた花束の模様が浮かび上がった。

青、赤、白。大輪の花々だ。

すごい。すごいすごい。

「いいでしょう、このウォールステッカー。あとは、これで完成」

紗月さんが小箱を逆さにすると、大量の花びらが湯船に降り注ぐ。

うわ、すごい。これ、花びら風呂だ。いい匂いする！

壁に貼られたアネモネは見渡す限りに咲き誇っている。気分はまるでお花畑に囲まれたバスタブ。物語に出てくる一幕のようだ。

「きれい！　紗月さん！」

「ふふ、でしょう？」

と、勢いのままに紗月さんを見上げて、瞬間、わたしは後悔した。

「うわ、きれい……」

「うん？」

思わず、目を奪われた。

「どうかした？」

髪をバレッタでまとめた紗月さんは、その一房が肩から垂れて、肌に張りついている。結露したみたいな水滴が白い肌を滑り落ちて、艶やかさに潤いを与えていた。

余分な肉なんてどこにもない。ただでさえ研ぎ澄まされた刀剣みたいに細く鋭い美貌が、ふたつの間接照明にライトアップされている。

美術館の最後に飾られていたら、コースを回ってきた来観者は今まで見た美術品なんて忘れてしまいそうなほど、それは別格の美しさだった。

「ああ、そんなに気に入ってくれたのかしら？　うちのお風呂」

「あ、うん、まあ、うん……」

目をそらして、口元までお風呂に沈み込む。

「ほら、お風呂用のブックスタンドもあるのよ。これ、私がＤＩＹで作ったんだから。いいでしょう？」

「う、うん……」

いかんいかん。つい忘れてしまいそうになる。

ここにいるのは、王塚真唯に勝るとも劣らない端整なお顔立ちをした、芦ケ谷(あしがや)高校の女子グループのトップエリート、琴紗月さんなんだってこと。

本来ならわたしなんか、一緒にお風呂に入るどころか、まともに言葉を交わすことだって難しい相手だ。

言葉を失っちゃうほど凄艶(せいえん)な佇(たたず)まいに、思わず再確認させられる。

お気に入りの浴室を褒められたからか、紗月さんはどことなく上機嫌だ。

「そうだ、甘織。私が体を洗ってあげるわ」

「ふえっ!?　な、なにゆえ!?」

「一緒にお風呂に入ったって言っても、ただ入っただけじゃ、あいつを打ちのめすにはまだ材料が足りないもの。なに、恥ずかしがっているの？」

「そりゃ恥ずかしいよ！」

「じゃあ、そのままでもいいわ」

「ホワッ!?」

紗月さんが浴槽の中に飛び込んできた。

脚を伸ばすのも難しいほどの狭い浴槽だ。ふたり入るには、どうしたって体を密着させなければならない。

しかも紗月さんはわたしに向かい合った体勢で。

まるで凸凹なブロックを組み合わせるみたいに、紗月さんの長い脚があたしの脚の間に入り込んできて、その感触が、感触が！

「さささささ紗月さん！」

「え、なに。どうしたの、血相を変えて」

紗月さんは手を伸ばすと、シャワーの前から容器を摑んで、手のひらに少量あける。

「これね、浴槽に入ったままでも洗えるボディソープなのよ。洗ってあげるから、少し大人しくしてなさい」

「ムリ！　ムリですけど！」

「なんなのよ、さっきから」

紗月さんは眉をひそめる。その唇が半月を描く。

「ほら、どうせこういうの好きなんでしょ。妻に体を洗ってもらえるなんて、気分がいいわね、あなた」

「気分がいいっていうか！」

もう、もう！

完全にえっちなテンションになっちゃうんですけど!?

なんで紗月さんなんとも思わないの!?　これ、ただのスキンシップのつもりなの!?

紗月さんはボディーソープを泡立てると、まずはわたしの右手を取った。

「はいはい、じっとしてなさいね」

両手でぎゅっと摑み、こすこすと洗い始める。ひい、指の先まで一本ずつ丁寧に。紗月さんの細くて柔らかなおててが、わたしの指を、指を……！

しかも洗うのに夢中になって目を伏せた紗月さんのまつげに水滴がきらめいて、まるで絶世の美女にご奉仕されてるみたい。これが夢なら最高だけど、現実だからただただしんどい！

もうだめだ。右手の指だけでどうにかなっちゃいそうなのに、このまま全身を愛撫（あいぶ）されたら終わる頃には脳の快楽神経が焼き切れて廃人になってしまう。

「あ、あの、あのね、紗月さん……」

「なあに」

こすこすこす、じゅぷじゅぷじゅぷ。

「今、紗月さんのしてる、それ」

「ええ」

勇気を出して、目をつむりながら、全身全霊で訴える。

「め、めちゃくちゃえっちだと、思うんですけど！」

「ええ。…………………え？」

ようやく紗月さんがこっちを見る。至近距離で目が合う。紗月さんの目つきは急激に鋭さを増して、比例するように顔が耳まで赤く染まってゆく。

「え、えっちって……ちょっと、あなた、なにを想像してるの？」

「いや、だってぇ！」

これわたし悪くないよね!?　わたしは悪くないよねえ!?

「もうあからさまじゃん！」

「違うわよ！　体を洗ってあげてるだけでしょ!?　背中流すみたいなものよ！」

「ぜんっぜん違うって！　性の匂いがすごいもん！」

「せ、せ………」

紗月さんの唇がもにょもにょと動く。

「ちょ、ちょっと甘織……あなた、ほんとそういうところ……趣味嗜好は人の自由だって言ったけれど、なんでもかんでもそっちに結びつけないでちょうだい……」

「ちがいますー！　紗月さんがえっちなんですー！　あ、思い出した！　だいたい、わたしに貸してくれた本だってあれ！　電車の中で開いちゃったんだからね!?」

「どこで本を読んだっていいじゃない。そんなのでいちいち……。あ」

紗月さんは思い出したみたいに、さらに顔を険しくした。その瞳は、じんわりと潤んでいる。

「そういえば、多少はそういう描写も、あったかもしれないわね」

「モロだよ！　開幕から40ページ性行為だよ!?　しかもお姉さんと女の子のめちゃくちゃ濃厚

なやつ！　紗月さんほんとわたしをどういう目で見てんの!?」

「ち、違うわよ！　あなたはそういうところばっかり気にしてないで、ちゃんと作品を読みなさい、作品を！　あれだってテーマを語るには必要不可欠なシーンなんだから！」

「ああもう、わたし先にあがるからね!?　これ以上えっちなことされたら、頭おかしくなっちゃうし！」

「ま、待ちなさいよ、甘織！　だいたい、私たち女同士なんだから、これはぜんぜん、そんなんじゃ――」

わたしは慌てて立ち上がろうとして。

浴槽についた手が、ボディソープの泡でぬるっと滑る。

「あわっ」

「ちょ、甘織――」

わたしは頭から湯船の中に突っ込んでしまった！　ドジっ子！

ざっぱーん、とお湯の飛沫（しぶき）と花びらが舞い上がる。

わぶっ……い、いてて……。

って、あれ、痛くない？

わたしはなにか柔らかいものに包まれて、難を逃れたようだった。ふう、助かった。

「……甘織……」

底冷えするような声が、頭の上から轟(とどろ)いてくる。

「え?」

指の間に、なにか引っかかりを覚える。それはスピーカーのボリュームのつまみぐらいの大きさで、触れているとヘンな気分になっていくような。

まさか、この、これは……。

わたしが顔を突っ込んで、鷲摑(わしづか)みにしているのは、紗月さんのおっぱいだった。

「え、ええと……」

肌と肌が密着している状態で、わたしはゆっくりと紗月さんを見上げる。

紗月さんは……、ついさっき三人ほど殺してきました、みたいな顔でわたしを睨(にら)んでいた。

こわあ……。

「ご、ごめんなさい……」

「……いいから、早くどいて」

「で、でも! 紗月さんのおっぱい、柔らかくて、温かくて、すっごく手触りいいよ! ありがとう!」

百人ぐらい殺してきたような顔になったので、口をつぐむ。

「そ、それでは失礼して……」

ゆっくりと膝(ひざ)に力を入れて、上体を起こしてゆく。

おっぱいから手を離す瞬間、わずかに紗月さんが眉間にシワを寄せる。

「ん……っ」

「…………………」

えっちな声だ……。

あの紗月さんが……いつだって涼しい顔で文庫本を開いている、みんなの憧れのクールビューティー、紗月さんが……。

「ちょ、ちょっと甘織……早く」

「ハッ、はい、ただいま！」

今度こそ、慌てて飛び退く。肩を縮めたわたしは、心臓の鼓動の音が漏れないように自分の胸を押さえて、お風呂からあがった。浴室を出る際にちらりと背後を窺う。

「…………甘織」

「な、なんでしょう!?」

「……ちゃんと、シャワーで泡、洗い流していきなさい」

「そ!?　そうですね！」

わたしは言うとおりにして浴室を出た。ぬるま湯のシャワーでも、火照った身体の熱はぜんぜん冷めてくれなかったけど。

新品の綿パンツをはき、上下のパジャマを借りたわたしは、お客様用のお布団の中にいた。

紗月さんのお部屋だ。あのあと、言葉少なにわたしたちはそれぞれ寝る準備を終えて、床についた。

並べて布団を敷いた紗月さんは、こちらに背を向けて、眠っている……けど。

ね、寝れない……。

愛すべきお布団の中に収まっているっていうのに、ぜんぜん心が休まらなかった。

目を閉じても、紗月さんの裸体がまぶたの裏に浮かんできちゃう！

その上、真唯と一緒にお風呂に入った記憶までが蘇ってきて、わたしの脳には桃色の湯気が充満していた。

まったくもう、これだから顔のいい女どもは……。

もぞり、と紗月さんが寝返りを打つ。うっ、わたしの妄念が漏れたのかと、びっくりした。

でも、紗月さんはすやすやと寝息を立てていた。

暗闇に目が慣れてきて、紗月さんの穏やかな寝顔が見える。

思わず、ため息をついてしまいそうになる。

ほんとにお美しい。美人をこんな風に遠慮なく眺めることができるなんて、あまりにも貴重な機会だ。わたしの顔となにが違うんだろうな……。あっ、なにもかもか。

ほんと、いまだに信じられない。

芦ケ谷高校に入学して、王塚真唯と出会ってさ。友達になっていなければ、一生関わるはずもなかった人種と、こうして同じ部屋で寝泊まりしてるなんて。

紗月さんはきっと、わたしのことなんて人生のレールの下に敷き詰められた砂利の一個ぐらいとしか思っていないんだろうけど。

わたしにとっての紗月さんは、お空に輝く決して手の届かない光だ。

きょう一日で、いろんな紗月さんを知ることができた。アルバイトをして、家族想いで、負けず嫌いで、わたしを探しに来てくれて、お風呂好きで、なんだかんだ優しくて。

陰キャのわたしは、やっぱり今を精一杯生きている人たちはみんなすごいな、って思う。ずっといろいろとがんばってきたからだろう、人生の経験値が違う。

学校でおしゃべりをしている限りはわからなかった。

甘織れな子は、この陽キャ街道を、まだまだ歩き始めたばかり……。

涼しい風が吹くみたいに、ささやきが聞こえてきた。

「……もう、寝た？」

ドキッとした。

「ま、まだ」

「そう」

紗月さんが薄く目を開いて、こちらを見つめている。

闇の中、宝石みたいな瞳が、光ってる。

「その布団ね、泊まりに来るときのためにって、真唯が置いていったものなの」

「あ、どうりで……」

「なにかあった？」

「う、ううん」

真唯の匂いがする、なんて言うとちょっとヘンタイっぽい……。

「そんなに頻繁に来るの？　真唯って」

「小学校の頃は、しょっちゅうね。でもあいつも、どんどん仕事が忙しくなっていくから」

「こないだは海外にも行ってたもんねえ」

しばらく返事がなくて、ふぁ、と小さなあくび声がした。

紗月さんは寝返りを打って、わたしに背を向ける。

「明日も学校なんだから、早く寝なさい」

「あ、うん……おやすみ」

「おやすみなさい」

無理矢理に目を閉じるものの……まだ胸のドキドキは治まらなくて、睡魔の訪れはいまだ時間がかかりそうだった。

隣に紗月さんがいて、お布団からは真唯の匂いがして……ぐう。

けど、隣からもしばらくの間、寝返りを繰り返す音が聞こえてきたりする。

……もしかして、わたしと同じように、紗月さんもきょうの出来事が心に残って、眠れずにいるのかな、って。

そんな、わたしたちはただの契約によって結ばれた恋人同士なのに、まるで心が通じ合っている友達みたいなことを、考えてしまうのだ。

……紗月さんとも、友達になれたら、いいのにな。


なんてことを考えながらもぞもぞしていると、トイレに行きたくなってきた。

そろりと起き上がり、紗月さんを起こさないように部屋を出る。

忍び足で、用を足して戻ってきた。再びお布団に潜り込もうとしたところで。

「そうだ」

って声がした。

「あれ……ごめん、紗月さん起こしちゃった……？」

その言葉には答えず、紗月さんは枕元に手を伸ばしてスマホを掴む。

「撮るのを忘れてたわね。匂わせの、証拠写真」

「ええー……？　それ、必要？」

「物的証拠がないと、いざというときに証明できないでしょう」

いざというときなんて来ないってば……。

「せっかくだし、今回はそうね。ちょっと大胆にいきましょうか」

「大胆に、って……」

わたしは寝ぼけ眼(まなこ)をこする。手足がどんよりと重く、現実と夢の境界が曖昧(あいまい)だった。

「キス写真とか、どう？」

その言葉も、なんだか隣の部屋から聞こえてくるかのよう。

「えー……」

「ほら、甘織。頬をこちらに向けて」

スマホを構えた紗月さんが、もぞもぞと体を近づけてきた。人の体温を感じる。

どうやら、ノルマをこなすまでは、寝かせてくれなさそうだ。

仕方ないなあ……。

「もう、ぜったい流出させちゃだめだからね……」

「わかってるわ。拳銃は懐(ふところ)にしまってあるだけだからいいの。実際に撃ったら捕まるもの」

「はいはい……」

紗月さんの顔がゆっくりと迫ってくる。

わたしは、反射的にそちらに顔を向けた。

唇に、柔らかな感触。

紗月さんの唇は、ほんのり冷たくて、紗月さんらしかった。

一瞬の逢瀬（おうせ）。唇と唇が離れる。

紗月さんは固まったまま、なにも言おうとしない。写真も撮っていないようだった。

……あれ？

「……紗月さん？」

かぁっと紗月さんの顔が真っ赤になった。

「あ、あ、あ、あなた……!?」

「は、はい？」

「なにするの!?」

「キスするって言ったのは、紗月さんじゃ」

怒鳴られて、少しだけ頭が覚醒する。

「ふつう、キスっていったら頬にするものでしょ!?」

え、え……？

わたし、今、なにした？

紗月さんと……キスした？

「は、初めてだったのに」

………。

わたし、ひょっとして、とんでもないことをした？

まるで大切な約束を寝過ごして目覚めたかのように、心臓がバクバクと震えだす。

「いや、あの！」

飛び起きて、わたしは両手をわたわたと動かした。

「大丈夫！　友達同士のキスは、ノーカンだから！」

いや違う！

「わたしたち友達同士じゃなくて、恋人同士だった……。ということは、有効……？」

そんな、いくら寝ぼけていたとはいえ、一生に一度しかない紗月さんのファーストキスを奪ってしまうだなんて。

「っていうか、ごめん、ほんとごめん。わたし、そんなつもりじゃ」

必死に謝る。

もし紗月さんが初キスをほんとに大事なものだと思っていたら、わたしは取り返しのつかないことをしてしまった。わたしにできることなら、なんだってお詫びをしないと……。

パニクるわたしに背を向けて、紗月さんは静かにお布団に戻ってゆく。

「……まあ、どうってことないけどね」

「澄まし顔だけど、めっちゃ耳赤いんですけど！」

「キスなんてしょっちゅうしているし。別に初めてでもないわ。三億回はしているわよ」

「それ誰に向けてついているウソなの!?」

「だったら責任取ってくれるの!?」

「いや、それは、あの……ど、どういった意味で……？」

紗月さんも言葉に詰まる。

「な、なんでもないわよ！　バカ！　いいからもう寝なさい！」

紗月さんが叫んだ。その横顔はやはり、真っ赤だった。

わたしたちは、お互いのヒミツだけじゃなくて、もっとでかいヒミツを共有することになってしまった……。どうしてこんなことに……。


ああもう、ぜんぜん眠れないよ～～～～！

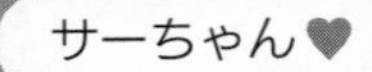

香穂

なに？

紗月

こないだの靴下、どうだった？

香穂

ああ、うん

紗月

喜んでくれたわ

紗月

ありがとう

紗月

いいんだよ、あたしと
サーちゃんの仲だもん♥

香穂

ごめん、今ちょっと忙しくて

紗月

あ、そうなの？

香穂

甘織が行方不明になったのよ

紗月

え⁉

香穂

紗月

あのバカ、財布もうちに置きっぱなしで
どっかいって、今探しに走り回ってるの。
あまりにも暑いわ

だ、大丈夫？　あたしも行こうか？

香穂

紗月

平気、ありがとう

紗月

ああ、香穂

紗月

次はハンドウォーマーを作りたいわ。また、教えて

りょーかい！　手芸・裁縫を極めて、最終的に、
ドレスも作れるようにしたげるから‼

香穂

紗月

そこまではいいわ

＋

第三章　修羅場とか、どうあがいてもムリ！

夢を見ていた。

わたしが大学生になって、華の一人暮らしを満喫している夢だ。

すっかりと陽キャになったわたしは大学でも人気者。友達は三万人を超え、周りから引っ張りだこ。スケジュールは分刻みで埋まっていて、きょうもわたしを求める声が有名ロックバンドのアンコールのように鳴り止まない。

『まったくもう、みんな仕方ないんだから』

広いベッドの上でスマホを確認すると、届いたメッセージは999件をオーバーしている。

返信するだけでも一苦労だ。ふふっ。

口元に美少女な笑みを浮かべていると、部屋に誰かが入ってきた。

その相手は、もちろんわたしのイケメン彼氏で、年収二億円の俳優だ。そうそう、カレのツテで、わたしは来月の月9ドラマの出演も決まっていたりする。

高校デビューに大成功して以来、わたしの人生には追い風が吹いた。

大学生にして、わたしはすべてを手にしてしまったのだ。でも夢はまだまだ果てしない。そう、エンドレスドリーム……。

『さ、れな子。きょうもステキな一日の幕開けだよ』

カレが手を差し出してくる。そのキラキラの笑顔は、朝の日差しよりも輝いていた。

幸せだ。カレに愛されているのを肌で感じる。わたしはカレの細くて白い手を取って……。

『って、王塚真唯（おうづかまい）！　なんでここに!?』

『なんでって、決まっているじゃないか。私は君の……ふふふ、今さら言わせる気かい？』

真唯がベッドに潜り込んできた。真っ白なシーツを頭にかぶりながら、わたしにじゃれついてくる。ひい。

『ねえ、ちょっと！　夢の中まで入り込んでこないでよ！』

大型犬のように迫ってくる真唯の頭を、ぐいぐいと押し返す。

最高の気分だったのに、一転して悪夢へと早変わり！

『わたしは真唯と恋人になるつもりはないんだってば！　友達！　れまフレ！　これはわたしの深層心理でもなんでもないんだからね！　勘違いしないでよね！』

叫ぶんだけど、あっという間にわたしは覆（おお）いかぶさられた。

シーツから顔を出した彼女はすでに一糸（いっし）まとわぬ姿になっていて、わたしを見下ろしてきている。ひゃああ。

そのうなじからこぼれる黒髪が、同じように全裸になっているわたしの鎖骨をくすぐる。

……って、黒髪？

星ひとつない夜空に燦然と浮かぶ月のような瞳が、そこには輝いていた。

『ねえ、甘織……』

『うそでしょ!?』

紗月さんの見たこともない蠱惑的な微笑に、わたしは息ができなくなる。

そのまま、紗月さんはわたしの唇に、その唇を重ね合わせてきて……。

『好きよ、あなたのことが……。愛しているわ、甘織……』

「ひぎゃあ！」

わたしはタオルケットを蹴飛ばしながら、飛び起きたのだった。


最悪な目覚めだ。

あの日、紗月さんの家に泊まって以来、わたしはたびたびこんな夢を見るようになっていた。

ていうか、なんなの……。なんで？

百歩譲って真唯はいいよ。いや、よくはないんだけど。ていうか友達に引っ張りだこっていうのも自意識が暴走した気がしてすごいつらいけど、それは置いといてさ。

なんで、なんで紗月さんが出てくるの………。

しかも事を致そうとしてたじゃんあれ……お互い裸でさあ……。

ひょっとしてだけどわたしって……紗月さんのことが好きなの……？　いやいやいやいやいや！

夢に影響されすぎでしょわたし！

たかが紗月さんのおっぱいに触って、同じ部屋で寝て、キスしただけなのに。

じゅうぶんすぎる！

ううー、わたしって同年代の女の子に比べて、性欲が強いとかないよね……。みんなこういうヘンな夢見てたりするのかなあ……。聞けるような相手はいないけどさあ……。

わたしが洗面所、鏡の前で四苦八苦して前髪を作っていると、後ろからにょきっと現れる影。

「おね～ちゃん～……」

い、妹！

家の中で頑なに避けていたのに、ついに捕まってしまった……。

「きょうというきょうは、言わせてもらうからね」

「は、はい」

「なんていうかね、確かにお姉ちゃんは高校デビューに成功して、浮かれているのかもしんないけど。そういうのダメだと思う」

「うぐ」

腕組みをした妹は、生活指導の先生みたいに、完全にお説教ムードを漂わせている。

「何事もね、大事なのは誠実さだよ。自分が楽しいからって周りの人を利用してばっかりだったら、すぐに周囲から誰もいなくなっちゃうからね」

「うう」

　別に浮気なんてしてるつもりないっていうか、そもそも真唯とは恋人同士ですらないってのに、その言葉はなぜかわたしに突き刺さる……。

「究極的にはお姉ちゃんの人生だから、あたしには関係ないけどさ。でもお姉ちゃんのしてることは、陽キャでもリア充でもなんでもないからね。ちょっとモテたからって、人を傷つけるような真似してるのは、ただの悪人だから」

　妹御先輩……！

　中学二年生の女子に、めちゃくちゃマジな説教をされて、思わず『ごめんなさい』とやっすい土下座をしてしまいそうになる。

「まあ、あたしの言いたいことは、それだけ。それじゃあ、朝練だから先に行くね」

「はい……ありがとうございました……」

　セーラー服を着た妹御先輩は、ポニテを翻して颯爽と去っていった。

　残されたわたしは、鏡の中で死んだ目をした女を眺めつつ、前髪をピンで留める。

　こんなもんかな……へへへ……。

　妹のがち説教がじわじわと胸を締めつけるけど、大丈夫。紗月さんとはたった二週間だけの恋人だし、それが終われば真唯と仲直りしてくれて、ぜんぶが元通りになるから。

だからわたしの見た不純な夢も、あと二週間で影も形もなくなるはずなんだ。

……ほんとだからね！


誰に言い訳しているのかもわからないままに登校する。

こんな状態で紗月さんに会ったら、どうなっちゃうんだわたし……。

いや、紗月さんのことだから、冷たい顔で『なに考えてるの……バカ？』って試される大地みたいな目をしてくるんだ。きっとそうだ。

わかってる。これで顔を真っ赤にして『ば、ばかなんだから……』って照れる紗月さんは、わたしの中にすら存在していないってわかってるから。

「あ、おはよーです！　甘織さん」

「おはようございます～」

教室に入ると、長谷川さんと平野さんが、真っ先に挨拶をしてくれた。

「あ、うん。ふたりとも、おはよ」

紗月さんの幻影を引っ込めながら、苦笑いみたいな笑みを浮かべて手を上げる。

するとふたりは、胸をなで下ろすみたいに、ほーっと息をつく。

「はー、朝のこの時間……美少女にご挨拶しても誰にも怒られない、至福のとき……！」

「甘織さんとお近づきになれるのって、朝ぐらいですもんね〜……。ああ、きょうは人生最高の日ですよ〜」

「え、な、なにそれ？　あはは……」

ふたりは、こうして顔を合わせるたびにわたしを持ち上げてくれるので、わたしはふたりのことが大好きだった。わたしはわたしを好きでいてくれる人が好きだ。

承認欲求がグングンと満たされてゆく。そう、わたしは甘織れな子……誰がなんと言おうが、真唯グループのメンバー、甘織れな子なんだ……。という気分にさせられる。

紫陽花（あじさい）さんを魂にインストールして、わたしは清楚（せいそ）に微笑む。

「ぜんぜんそんな、いつだっておしゃべりしようよ。わたしも、ふたりと仲良くしたいもん」

「ほんとですか!?　えー!?　陽キャ特有のリップサービスじゃなくてですか!?　ううん、リップサービスだとしても嬉しいです！」

「わ〜、仲良くしましょうよ、甘織さん〜。え〜、このお顔がいつでも見られるなんて、幸せすぎ。もしかして連絡先交換とかもしていい感じですか〜？」

「うん、もちろん！　仲良くしよしよ！」

ああ、幸せ。これだよこれ。ムリして学内での地位を維持しようとかじゃなくて、気の合う仲間と一緒に過ごせれば、どれだけ楽しいことか。

そんな風に、きゃいきゃいと笑い合っているときだった。

「……おはよう」

続いて教室に入ってきたのは、紗月さんだった。

「ひぇっ……さ、紗月さん、おはよ……」

紗月さんはわたしの近くで一瞬立ち止まり、自分の席へと向かった。

ど、ドキドキした……。夢の中の紗月さんが再びにょきっと生えてきた。

「あ、それで、連絡先なんだけど」

振り返る。

すると、長谷川さんと平野さんの目は、ハートマークになっていた。え!?

「今、琴さんにおはようって言われた……！　あの、黒髪美人の琴さんに……ええ？　夢じゃないよね……？」

「まさか、琴さんに声をかけてもらえるなんて……きょうは最高に最高の日です……」

「ちょっと、あの!?　連絡先、連絡先！」

冗談でもなんでもなく、がちでわたしの声が聞こえていないようだ。ふたりは頬を染めて、ぽうっと紗月さんの横顔を見つめている。こんなことある!?

「ああ、あのきれいな黒髪……細くてスタイルよくて、もぉほんっと完璧ぃ……」

「はぁ……生まれ変わったら、あの顔になりたい……」

いくら声をかけても耳に入らないみたいだったので、わたしはとぼとぼと自分の席に戻った。

これが現実、か……。

だけど、紗月さんの横を通る際に「甘織」と呼び止められてしまった。うっ。

「な、なに?」

「あの……また、放課後ね」

目をそらしながら告げてくる紗月さんに、胸がキュンと鳴った。(気がした!)

「あ、うん……」

え、ちょっと、なにこれ……。あの紗月さんが、緊張しているんですけど……。

なにこれ、やばい、なにこれ、やばい。そのふたつの台詞がワルツを踊りながら、わたしの周囲をぐるぐると回る。

これじゃあわたし、紗月さんに意識されてるみたいじゃん!

違うんだってば。わたしはようやく紗月さんと、もしかしたら友達になれるかなあ、ぐらいに思ってたのに。それなのにこんなの、めちゃくちゃ後戻りだよ!

わたしは緊張して席についた。振り返ると、紗月さんとばっちりと目が合ってしまう。

あう……。

わたしたちは目が合った事実さえも隠蔽するみたいに、慌てて目をそらす。

長谷川さんや平野さんも言ってたけど、やっぱ、めちゃくちゃ顔きれいだ……。

いやだから、違うんだってばぁ!

なにこの、初めてキスした翌日、まともに顔を合わせられない中学生カップルみたいな甘酸っぱいムード！　わたしと紗月さん、そんなんじゃないからあ！

「早いねー。おはよー、れなちゃん」

席で震えていると、紫陽花さんがやってきた。わたしはよろよろと顔をあげる。

ああ、きょうも最高にかわいい……。ふわふわヘアーの天使……。思わず拝（おが）んでしまう。

「えっ、なになに？　それどういうやつ？」

「紫陽花さん、好きぃ……」

「ええっ!?」

わたしの心からまろび出たド本音を聞いて、紫陽花さんが顔を真っ赤にした。そのリアクションもまた、女の子としてパーフェクトがすぎる。紗月さんとは違う。

「ええと、あの、ええと……れなちゃん、こんなところで、そんな大胆なこと言って……。ていうか、あの……ずっと、聞きたいことがあったんだけど……あの、あの」

紫陽花さんは人の目を気にしつつ、慌ただしく髪をいじっていた。

頭から爪先までたっぷりのかわいさで組み立てられた女の子に、必死の懇願（こんがん）をする。

「紫陽花さんだけは、最後までわたしの友達でいてね……。一生、ずっと、いつまでも友達だよ……。ズッ友だよ……」

「えっ？　う、うん！　……えっ!?」

その日は紫陽花さんに癒やしてもらいながら、なんとか放課後まで乗り切ることができた。

わたしのクラスに紫陽花さんがいてくれてよかった。そうじゃなければ、わたしは一時間目の途中からずっと保健室に立てこもっていただろうから。

真唯はちょくちょくわたしを気遣ってくれたけど、むしろ真唯に対してはわたしのほうが気まずいので、結果避ける形になってしまったし……。

うう、図らずとも、わたしのメンタルは恋愛になど耐えきれないと、わたし自身が証明してしまったな……。

ま、学校が終わってからが、本格的に試練のときなんですけどね！

もう誰かわたしをここから連れ去ってくれないだろうか……。白馬に乗った王子様とか……いや、やっぱり男子は緊張するからパスで！　お姫様でお願いします！


放課後、わたしの人生にはそんな都合よくお姫様は現れなかったけれど、代わりに上位互換である天使様がちょいちょいと袖をつまんできた。

「あ、あのね、れなちゃん」

「うんー？」

帰りの準備をしていた手を止めると、紫陽花さんはほつらつとした笑みを浮かべていた。

虹のかかった青空のような微笑みだった。推せる。

「あのね、きょうね、私、誰とも約束してなくて」

「あ、そうなんだ、珍しい」

「いや、そんなに珍しくはないいんだけど……」

そう言った後で、紫陽花さんはまるで閃いたようにぱちりと手を打った。

「ううん！　そう、そうなの！　すっごく珍しいの！」

唐突なモテアピールに、ほっこりする。

紫陽花さんはクラスの人気者だから、毎日誰かしらとの遊びの約束が入ってる。スケジュール帳のカレンダーは、お花のマークで満開だ。

そんな世界にひとりだけの紫陽花さんと、学校だけでも仲良くおしゃべりできるなんて、わたしは本当に運がいい。

なので、人間と平等に一日24時間しか生きられない紫陽花さんの可処分時間を、なるべく損なわないようにと、速やかに視界から消えようと思ったんだけど、紫陽花さんはまだわたしに話があるみたいだった。もじもじと両手の指を絡めながら、上目遣いで見つめてくる。

「だから、その、どうしよっかなーって思ってて」

「うん」

「…………どうしよっかなー？　って」

「う、うん……？」

紫陽花さんが、じーっとわたしを見つめ続けている。

な、なんだろう、この居心地の悪さ。チッチッチッというカウントダウンの針が進む音とともに、なにか決断を迫られているような感じがする……！

え、なに、わかんない！　わたしはいったいどうすれば……。紫陽花さんの期待に応（こた）えて、紫陽花さんを喜ばせたい！

けれど、目がぐるぐるしているうちに、タイムリミットがやってきた。

「甘織、なにしてるの？」

紗月さんがやってきた。まるで漆黒（しっこく）の遮光（しゃこう）カーテンみたいに、紫陽花さんの光が遮（さえぎ）られる。

「あ、えと……なんでもないよ。それじゃ紫陽花さん、また明日――」

小さく手を振ろうとすると、紫陽花さんは愕然（がくぜん）としていた。

なに!?

「え、ええっと……ど、どうしたの？　紫陽花さん……」

こんな顔芸を披露（ひろう）する紫陽花さん、初めて見た。まるで真唯に冷たくあしらわれたときの香（か）穂（ほ）ちゃんみたいだ……。

しかし潰（つぶ）れたクッションがもとに戻るみたいに、紫陽花さんは正気に返った。元の美少女な紫陽花さんだ。ぱっと朗（ほが）らかな顔になって、汗を飛ばしながら両手を振る。

「う、ううん！　なんでもない、なんでもなかったの！　よく考えたら、私もきょう用事があったみたい！　とびきり忙しいんだ、私！　だから、また明日ね！」

「は、はい」

まあ、そうだよね。紫陽花さんが暇なはずないもんね。

わたしもまたねと挨拶して、紗月さんと連れ立って歩く。

朝こそ動揺してた紗月さんだけど、今はバイタル安定しているご様子だ。

「瀬名、どうかしたの？」

「暇だったけど、やっぱり忙しかったみたい。あ、今度紫陽花さんも勉強会に誘ってみるとかは、どうかな？　もし次、紫陽花さんに暇なときがあれば、一緒にさ」

「悪いけれど、あまり大人数で勉強するのは好きじゃないの。効率が悪くなるもの」

そういうものかあ。わたしは勉強を教わっている立場なので、なにも言えない。紗月先生の授業方針に従うただの子羊だ。

わたしの手綱を握る魔女の前に、金髪碧眼の美女が現れる。

「おや、れな子。きょうも紗月と一緒かい？」

王塚真唯は、胸に手を当てて、余裕たっぷりの笑みだった。

「どうだい、紗月。れな子はとっても素敵な女性だろう？　一緒にいると胸が高鳴り、心が温かくなってくる。そうなんだよ、それがれな子の魅力なんだ」

うんうん、とうなずきながら語る真唯は、完全に自分の世界に浸っていた。おい教室でなに話しているんだお前。

普段の紗月さんは、真唯を完全無視して横を通り抜けてゆく。そして真唯が肩をすくめるのが日々の日課だった。

だけど、この日は違った。

「そうね、確かに甘織は、普通とは違うやつかもしれないわね」

「ええっ？」

隣に立つ紗月さんは、腰に手を当ててまんざらでもない笑みを浮かべている。

「実際に、私もいろいろと勉強になっているわ。この前なんて、ねえ？　甘織」

えっ？　こ、この前って……それ、ひょっとしてお泊まりした日の話？

みるみるうちに、わたしの頬が熱くなってゆく。

ていうかそんなこと言ったら、さすがに真唯だって対抗してきて……。

いや、そうじゃなかった。真唯はしかし、普段と変わらぬニコニコ笑顔のままだ。

「へえ？　いったいなにがあったんだい？」

「それはちょっと言えないわね。ねえ？　甘織。『他人』にはあまり言いたくないわよね？」

「そ、そりゃそうだよ！」

紗月さんの含みある言葉に気づきながらも、わたしは肯定することしかできない。

あんなこと、教室で話されてたまるものか！

ああほら、そんな風にケンカを売ったら、今度こそ真唯が……。

にっこり目を細めてる！　なんだ、どうしたんだ？

「なるほど、ふたりだけの内緒話か。そのうち、私も仲間に交ぜてもらいたいものだね」

「残念だけど」

紗月さんが、当てつける気満々の態度で、わたしの腕にぎゅっと抱きついてくる。うわあ。

なんだこれ昼ドラのワンシーンか!?

「『私と甘織』の『ふたりだけ』の『秘密』だから。ねえ？　甘織」

もう助けてくれ。死んだ顔で目をそらす。

すると、教室の中ほどで他グループに加わっている香穂ちゃんと目が合った。

香穂ちゃんはぐっと親指を立てて、なにもかも万事順調に進んでおり、これから先も心を曇らせることなどなにひとつ起こり得ないと確信しているかのような笑顔を見せてきた。

真唯は生まれながらの女帝だからわかるけど、香穂ちゃんのあのポジティブさはいったいなんなんだ……。ありのままの姿で人に愛されているからこその、自己肯定力……？

ごほんと真唯が咳払い（せきばら）した。それから、行く手をあける。

「そうか、それは失礼したね。ふたりだけの世界で思う存分、絆（きずな）を深めてくれ。間に割って入るなんて、無作法な真似はすまいさ」

あくまでも最後までニコニコとして、真唯はわたしたちを見送ってくれた。

きっと、わたしとの約束を守ってくれているんだ。

わたしは肩を縮こまらせながら、おどおどと歩く。うう。

紗月さんは口元に手を当てて、ふふっと上機嫌で頬を緩めた。

「あいつ、ずいぶんと悔しそうにしていたわね」

「や、やっぱり？」

昔、真唯がわたしに襲いかかったきっかけは、真唯が紫陽花さんに嫉妬したからだ。嫉妬深い真唯が、あろうことか紗月さん相手に敵意を引っ込めるのは、大変な苦労だろう。

「……なんか、可哀想になってきちゃうんだけど」

「そうね、もっと突っかかってくれたなら、私も誇らしげに証拠写真を見せてやるのだけど」

「それはやめて!?」

今度はわたしがぐいぐいと紗月さんを引っ張っていく番であった。


こんな調子で紗月さんと真唯を仲直りさせることなんて、できるのかな……と思いつつ、約束の日までは残り一週間。

ふたりの関係修復の進展はまったく見られないけれど、試験勉強の進捗は順調であった。

「甘織、またあなた、内容を完全に理解する前に先へと進んでいたでしょう」

「えっ？　いや、でも、そのほうが効率的かなって……」

「テストでいい点数を取るだけならね。けど、今はまだ高校一年生なんだから。この先を見据えたら、ちゃんとひとつひとつ踏まえていったほうがいいわ」

「紗月さん、わたしの将来のことまで考えて……!?」

「え？」

「あ」

図書館で並んで勉強している最中、紗月さんの手とわたしの手が触れ合う。

ただそれだけで、胸の奥に小さな、まあるい火が灯る。

わたしが自分の心に戸惑っている間、紗月さんは引っ込めてしまった自分の手をじーっと見つめている。

「……あのね、言っておくけど、甘織」

「は、はい」

「確かに私はあなたと……く、口づけをしたわ。だからといって、私の心は私のものよ。誰にも奪われることはないわ。だから、その……調子に乗らないように」

　努めて淡々と言い聞かせてくる紗月さんは、その頬が赤い。

……だから、そういう顔をするから、わたしも照れちゃうんだってば！

「調子に乗ってるつもりはないんですが……例えばどんな？」

「そうね、例えば……私をあなたの女扱いするとか」

「したことありませんよね!?」

「私の稼いだなけなしのお金をぶんどって、ギャンブルをするつもりでしょう、いつもみたいに……。いいわよ、あなたを選んでしまったのは、私なんだから……。次までにまた、ちゃんとあなたのためのお小遣い、用意しておくわね……」

「やめてくれません!?　さもやってる風に言うの！」

叫んだあとに、これが紗月さんなりの冗談で、意趣返しだと気づく。

わたしごときに照れてしまったので、悔しくなったのだろう。理不尽。

「ていうか、なんでわたしがＤＶ夫みたいな設定なの……」

「あなた、女のヒモやってる姿が似合うもの」

「ちょ、それはさすがにひどくないですか!?　紗月さんこそ、売れないバンドマンとか養ってそうなくせに！」

「つまり、私とあなたが一緒になれば……？」

「売れないバンドマンでヒモのわたしを、紗月さんが働いて面倒見てくれることに……？」

想像してみる。わたしは寝そべりながらテレビを見て『大丈夫大丈夫、そのうちビッグになるからさ！』と調子のいいことばかりを言っている。最低の未来だった。

真唯のペットになるよりも、さらに輪をかけてひどい……。

「だいたい、紗月さんがそんな都合よく利用されるわけないじゃないですか。仕事がなくなったら、『働く場所決めてきたから。明日からここに行くように』って、紗月さんに家から叩き出されそう……」

「そうね、そうするわ。でも安心して。帰ってきたら、ちゃんと温かいカップラーメンを作ってあげるから」

「紗月さん料理できるのにあえて!?」

ふふっと紗月さんが笑う。それから、ふう、とため息をついた。

「でも、お生憎様だわ。私は誰も好きにならないもの。恋愛なんて、意味ないわ」

うお、いかにも紗月さんっぽいセリフが出てきた。

その言葉が真実かどうかはわからない。でも、紗月さんのことは少しずつわかってきた。

自分のことは自分でもわからないって紗月さんは言っていたけど……紗月さんはきっと『自分がこうありたい』っていうのを実践しているんだ。

わたしもそうだからわかる。

リア充陽キャならこうあるべき、ってわたしも思って行動して、ちょっとずつ理想に近づけているような気がするから。

だから、紗月さんの言動を、わたしも応援したいって思うんだ。

「そんなこと言っちゃって紗月さん、実はわたしのことがほんとに好きになってきちゃったんじゃないの～？」

紗月さんを真似て意地悪に笑いかける。

額にものさしをパッシーンとされた。

「いったぁ！」

「次にふざけたことを言ったら、全教科0点になるぐらい殴るわよ」

「ただの冗談じゃん!?　めちゃくちゃこわいんですけど！」

ぎゃあぎゃあとうるさくて、憎まれ口を叩き合ってるみたいなわたしたちだけど。

だけど、ふたりのそんなやり取りは、なんだか。めちゃくちゃ友達っぽかったのである。

そしてその日の夜のこと。

思い返してみれば一学期を締めくくる騒動の発端は、すべてこの日がきっかけだったのだ。

＊＊＊

夜中、わたしはお部屋で自主勉をしていた。きょうは涼しくて、窓を開けて扇風機を回しているだけなのに、集中力が続いている。わたしすごい。

なんとなく、最近は勉強の楽しみ方がわかってきた気がする。

わたしは学校の宿題プラス、紗月さんから命じられた課題をこなしていた。

どんなゲームもそうだけど、一緒に遊んでくれる友達がいると楽しいよね。

格闘ゲームやFPSはもとより、ひとりプレイのアクションやRPGだって、『どこまで進んだー？』って語り合えるのは幸せだ。まあ、わたしにそんな相手はいないんだけど！

勉強だって変わらない。本気で勉強している紗月さんと一緒だから、そのやる気に影響されちゃってるんだと思う。

そんなことしなくても、学校の授業で楽しみを見出せてたら良かったんだけど……あいにく、わたしはそんなに優秀な生徒じゃなかったからね……。

はー、おうちでまで勉強するとか、本気で学年一位取っちゃったらどうしようかな！　紗月さんに恨まれちゃうかなー！

そんな調子のいいことを考えてやる気をあげつつ、わたしは残る問題に取りかかる。

しかしやしかし。数日の努力程度でれな子の学力が急激に向上したりはしないので、ラストの問題に躓いてしまった。

放置して明日、紗月さんに聞けばいいんだけど……うーん、一問だけ残しておくの、ちょっぴり気持ち悪い……。

スマホを取る。SNSの友達欄にある紗月さんの名前を表示しつつ、腕組みをしてうなる。

でも、バイト帰りだったら疲れてるだろうし、迷惑かな……。

っとっと、スマホがぷるぷる震えた。

こんな時間にわたしにメッセージを送ってくるようなやつは、真唯ぐらいしかいない。どうせラグジュアリーな自撮りを送ってきたんだろう……って。

紫陽花さんからのメッセージだ！　どうして!?

『いま暇かな？』

ええっ……？　暇、暇と言えば暇だけど、なに……？

暇ですけど、って返したら『やっぱりｗ　ウケるｗ』って言われるやつ……？

いやいや、紫陽花さんはそんなこと言わない！

素直に「暇です！」と返す。すると、さらに返信。

『電話してもいい？』

え!?!?!?

まって、え？　ど、どうしよう。

わたしはスマホを持ったまま、窓を閉めたり、部屋の中をうろうろし始めた。

電話といえば、陰キャを殺す兵器。一対一のコミュニケーションを強いられる恐るべき刑罰……。しかも話す相手の表情や仕草が見えないから、すべてを声色で察しないといけない！

喋るタイミングがかぶったりなんかしたら、申し訳なさで死んでしまうやつ！

いやだ……紫陽花さんに『なんか、れなちゃんって、電話下手だね（笑）』っていじられるのいやだ……。

うう、例えば『え、どうしたの？　なにか電話でしか話せない用？』って先に要件を聞くのはどうだろう。前もって内容を聞けば、心の準備ができるから、少しは落ち着いた気持ちでお喋りができる……かもしれない。ただ、文面が冷たく見える気がする……。

紫陽花さんにどうすれば好印象を与えられるのか。なにもわからなくなって、ただ「大丈夫だよ！」と返信することにした。そんなわたしの胃はぜんぜん大丈夫じゃない。

直後、待ち構えていたかのように（その通りだろうけど！）電話が鳴った。

ひい。逃げたい。

わたしは拳銃をこめかみに突きつけるような気持ちで、スマホを耳に当てる。

「も……もしもし」

直後だ。

『あ、もしもしっ？』

弾んだ紫陽花さんの声が、ゼロ距離から届いてきた。

うおおお……。思わず身悶えるところだった。

『よかった。もしかしたら、れなちゃんもう寝ちゃうかなって思って、どうしよっかな、迷惑かなって悩んじゃった』

紫陽花さんが、紫陽花さんの声帯が近い！

耳元で囁かれてるみたいだ！

「あ、いや、あの、勉強してて」

『そうなんだ、ごめん、お邪魔だったかな？』

「いや、そんな、ぜんぜん！　今終わったところだから！」

『えー、そうなんだ、よかったあ』

慌てて取り繕う。受話口の奥からホッとした声がして、わたしは心で涙を流した。

本当はコミュ障こじらせているから、電話はできれば避けたかった……なんて、ぜったいに言えない。うう。

「それで、なにか御用でしょうか？　わざわざお電話で……」

『えーと……なんとなく？』

なんとなく！　天使の気まぐれだった。

いやでもちょっとまって。え、なに、電話って『なんとなく』で人にかけていいの？　陽キャ同士にしか通じないルール？　ハッ、だとしたらわたし、今ので陰キャをあぶり出された……？　マヌケが見つかってしまったようだ……。

ぶんぶんと首を振る。

「そ、そうだよね！　なんとなくで電話したいときってあるよね！」

『う、うん、そうなの』

紫陽花さんがうなずいて、話が一段落してしまった。

わたしは無言の恐怖に耐えかねて、慌てて声を出す。

「あ、紫陽花さんはなにしてたの？」

『んー、お風呂入ってたよ。髪乾かしてたら、ふっと、れなちゃんなにしてるのかなーって』

「自宅にいる紫陽花さんが、わたしのことを考えてくれている瞬間があるなんて……」

紫陽花さんの脳容量を奪ってしまっていることに、罪悪感を覚える。

『ええ？　いっぱいあるよお』

えへへ、という笑い声が届いてきて、なんとも言えない暖かさが胸の内に広がる。

幸せ、これが、幸せ……？　わたしは初めて幸福の意味を知った。辞書で幸福の欄を調べたらそこには『夜に紫陽花さんと電話すること』って書いてあるに違いない。

「え、えと、例えばどんなとき？」

『例えばかあ。ステキな曲を聴いたときとか、れなちゃんもこういうの好きかなあ、とか？』

にしても、電話だと如実(にょじつ)にわかる。紫陽花さんは声音や声の抑揚だけで、完璧に自分の感情を表現しているってことが。

紫陽花さんの姿は見えないのに、今どんな風に笑って、どんな風に身振り手振りしているのかがはっきりと伝わるのだ。これって実は、相当すごいことなんじゃないでしょうか。

『そういえばれなちゃんは、どんなの聴くの？』

「えっ……わ、わたしっすか？　いやー、わたしは……さ、最近の歌、あんまり知らなくて」

実際は、ゲームサントラとかをよく聴いていたりする。テンションあげたいときは、ラスボス戦の曲を延々とかけっぱなしにしたり。

他の人には明らかに語りづらい。紫陽花さんがってわけじゃなくて、純粋に『なんで？』って聞かれた場合、わたしは『えっ、なんか、よくないですか……？』以外の答えを持たぬ者。

「ぎゃ、逆に、紫陽花さんの聴いている曲とか、興味あるなあ！　よかったら今度、教えてほしいなあ！　紫陽花さんの好きな曲！」

『えっ、す、好き!?』

「え？　う、うん。好きな曲」

途端、紫陽花さんの声が裏返った。なにゆえ。

ハッ……ひょっとしてこの話題、地雷だったとか……!?

「い、いや別に、嫌いな曲でもいいけど!?　いちばん嫌いな曲とか！」

『え、え～……？　嫌いな曲って……。なにそれ、れなちゃん、あはは』

わたしのテンパった発言に、紫陽花さんは声をあげて笑った。

クラスでもあんまり聞かないような、リラックスした爆笑であった。

ええと……よくわかんないけど、地雷ではなかった、のかな。

紫陽花さんは楽しんでくれているみたいだ。心からよかった。

え、そんなに？　ってほどしばらく笑っていた紫陽花さんは、ようやく落ち着いて『はー』と息をついた。

『そうだ、れなちゃん。ゲームしようよ』

ええっ？　と、唐突！

ふたりでデパコスを買いに行ったときの紫陽花さんを思い出してしまった。学校のほわっとした紫陽花さんとは違う、のーびのびしてる感じ。（語彙力の欠如）

もしかしたら紫陽花さんも、真唯みたいにどこかキャラを演じている気持ちがあったりするのかな。確かに、自分はもっとわがままだよー、って言ってたもんね。品行方正なお利口さんとして、がんばってるのかも。

うん。びっくりはしたけど、でも、おうちに帰った天使様が羽を伸ばしたいって言うなら、もちろんいくらでも付き合いますとも。一般人代表として！

「い、いいけど、でもどんなゲーム？」

『そうだねえ、どうしようねえー』

紫陽花さんは、よりどりみどり、ショーウィンドウのケーキを選ぶみたいに楽しそう。

『あ、そうだ。ほら、こないだれなちゃんと遊んだやつはどうかな？　ネットで一緒にできるんだよね？』

「あ、あー、そうですね、できますね。……え、やります？」

『うんっ』

その声は、陽キャレベル50で覚える最強の攻撃魔法！　ぐらいの嬉しそうな返事だった。思わずわたしの目もハートになって、キュン死してしまいそうになる。

だめだよ、紫陽花さん……そんな、誰彼構わずそんな声出しちゃ……。

男子なんて一発で紫陽花さんのこと好きになっちゃうよ……。わたしは幸い、恋とかムリムリだから難を逃れたけど。ほんと、気をつけなきゃだめだよ紫陽花さん……。

『お部屋にゲームもってくるね。ごめんね、ちょっと待っててね』

「あ、はい、了解です」

すると、紫陽花さんはスマホを耳に当てたまま移動し始めたようだ。無音の中、紫陽花さんの息遣いが聞こえてきて、なんかドキドキする……。

「ていうかわたし、友達とネットで遊ぶの、初めてだ……」

『そうなの？』

「うん」

そもそも、友達とゲームで遊んだこと自体、真唯に続いて紫陽花さんが二人目だったしね。

すると紫陽花さんは、へー、という調子でうなずいた。

『そっかぁ。私が、れなちゃんのはじめて、なんだね』

「え？　う、うん」

その声は、紫陽花さんらしからぬ調子で、どういう感情なのかよくわからなかった。よくわからなかったけど、なんかえっちな感じしなかった!?　わたしの情緒がおかしい!?

と、わたしが前後不覚に陥りそうな気分になっていると。

『そういえばれなちゃんは、いつうちに遊びに来てくれるのかな？』

「うぇっ？」

小悪魔みたいなささやきに、思わず声が出た。

「こ、今夜の紫陽花さん、ぐいぐい来る……！」

『ふふっ』

紫陽花さんの甘い笑い声に、脳がくすぐられて！　ああー、これはいけませんよ！

「そりゃもう、紫陽花さんが誘ってくださったなら、いつでもどんなときでも……」

ほんとは、テストが終わるまでは難しいけど……でも前に一度断ってしまった手前、二度目は車にはねられて骨を折ったって、駆けつけなきゃならぬ……。それがわたしの誓い……。

『でも、テストまではダメかな？　れなちゃん、今は紗月ちゃんにべったりだもんね』

「いや、決してそういうわけでは！」

そういう言い方をされると、まるでわたしが紫陽花さんより紗月さんを選んだみたいな！

「わたしはどんなときでも紫陽花さんファーストだから！」

『……………そ、そっかぁ』

一瞬、妙な間があった。

信じてもらえてない!?

『……れなちゃん、だめだよ、気をつけなきゃ。誰にでもそういうこと言っちゃ、勘違いされちゃうんだからね？　メッだよ』

やっぱり！　それもこれも、前に一度お誘い断っちゃったからあ！

「あうあうあう」

わたしがあうあうしていると、すべての罪を赦すかのように、紫陽花さんが笑う。

『ふふっ……でも、嬉しい。ありがと』

その、限りなく本音っぽいお礼の言葉に、思わず赤面してなにも言えなくなってしまう。

『意地悪なこと言って、ごめんね。れなちゃん、今すっごくがんばってるんだよね。私のことはぜんぜん後でも大丈夫だから。あ、じゃあ夏休みのお楽しみにしようよ。ね？』

からかわれた後に、めちゃくちゃお気遣いいただいて、わたしの心は救済されてしまった。

「うん、うん……楽しみにするぅ……」

とはいえ、あの紫陽花さんのおうちにお邪魔することになってしまったら、その前日は緊張でまったく寝れなかったりするんだろうな……。うっ……深く考えるのはやめよう……失敗しないよう、夜ごとに脳内でシミュレーションしちゃうもんな……。

ガサゴソと音がして、紫陽花さんが部屋にゲーム機を運び込んできたみたい。普段はリビングに設置しているとかなのかな。

『今セットしてるから、もうちょっと待っててね』

「はーい」

紫陽花さんの部屋か……。電話越しに想像してしまう。きっと、かわいい部屋なんだろうな。一面にお花が咲き誇り、清涼な風が吹いてきて、流れる小川には多くの動物たちが集まってくるような……。

『ね、香穂ちゃんから聞いたんだけど、れなちゃんって』

「あっ、はい？」

『真唯ちゃんと、紗月ちゃんを仲直りさせようと、しているんだよね』

そう、一応はそういうことになっている。

だから、わたしが放課後に紗月さんと一緒にいるのも、説得の一端なのだと説明していた。

実際、そんなに間違ってはいないしね……。

紫陽花さんは、いつも以上にわたしを慮(おもんぱか)った言い方をする。

『あのね、気を悪くさせちゃったらごめんね。れなちゃんって、どうしてそんなにがんばるのかな、って……』

「えーと」

なんだろう、必死に見えているのかな。まあ、見えているんだろうな！

でもそれはね、紫陽花さん。わたしはコミュ力があまりにも低いから、みんなが普通にできることをしても、わたしだけはいっぱいいっぱいに見えるんですよ……。

という自虐を口に出すと、逆に紫陽花さんから無限にフォローを引き出してしまい、人間性の残高がゼロになって死にたくなりそうなので、ちゃんとお返事する。

「やっぱり、王塚さんも紗月さんも、同じグループの仲間だから。それなのに、いつまでもケンカしたままじゃ、ヤだなあ、って」

わたしの言葉は、かなり小並感あったけれど、だからこそちゃんと伝わったみたいだ。

『うん、そうだよね……。香穂ちゃんもね、物怖じせずに真唯ちゃんに紗月ちゃんの話をしてて、すごいなって思うんだ。っていうか私、冷たい人間なのかも……』

いやいやいやいやいやいや。

「紫陽花さんが冷たかったら、紗月さんとか体の七割、液体窒素でしょ……」

それに、わたしは学校で話せる人が少ないから、真唯と紗月さんがケンカしているだけで、大ダメージなんだよね……。そういう雰囲気にも、とことん弱いし……。

死活問題だから、めっちゃ必死になっているだけなんだよ。

なにもかも自分のためだ！　どうもゴミです！

でも、紫陽花さんは『ううん』って、きっとスマホの向こうで首を振ってた。

『私もね、最近、もっとがんばらないとって思うんだ。友達について真剣に考えてみたり、ちょっと自分を変えようかなって、行動してみたり』

「ええ……？　紫陽花さんも、そんなこと思ったりするんだ」

わたしから見たら、真唯とはまた違う意味ですべてを兼ね備えている紫陽花さんが……。

『うん。れなちゃんに電話したのも、そのひとつ……かも』

「そう、なんだ」

紗月さんがひとりのときを見計らって、話しかけに行ったりするその優しさは、誰にでも真似できるものじゃない。紫陽花さんはすごいのに。

わたしは思わず『今のままでも紫陽花さんはいいと思う！』と反射的に言おうとして、思いとどまった。

『今のままでいい』なんて、自分を変えようと思ってる人間にとって、いちばん言われたくない言葉だ……。ソースはわたし。

陰キャで自分を変えようと思ってたわたしの努力を、他人に上から目線で否定されたら、いくらわたしでも悲しい気持ちになるだろう。

紫陽花さんにそんな無責任なことを、ポロッと言っちゃわなくて良かった。命拾いした。

と、わたしが内心怯(おび)えている間に、紫陽花さんがほんわかと微笑む気配がした。

『私……けっこう、れなちゃんのこと、好きだから』

その声は胸の中にするりと滑り込んできて、あまりにもかわいらしく、愛らしかった。

「うう、恐悦至極に存じます……」

『えっ、そんな王様に褒められたみたいな反応……!?』

「わたしも紫陽花さんのこと、大好きだよ！」

『ああ～……うう～……。と、とにかく、引っ込み思案な自分を、変えるから……変えるんだからね！』

「うん、楽しみにしてる！」

電話の向こうから悶えるような声が聞こえてきてちょっと心配だったけど、でも、紫陽花さんもがんばってるみたいだ。

いつか天使から大天使に昇格し、その翼が十六枚になってしまうのかもしれない。

それじゃあゲーム機のセットも終わり、一緒に遊ぼうか、って段階になったときだった。

『あれ？　どうしたの？』

という風に、紫陽花さんの声色が急に違うものに変わった。

「はい？」

聞き返したけど、紫陽花さんは電話の向こうで、お家の誰かと話しているみたいだった。

『眠れないの？』

その話し方からなんとなく、相手は小さな子っぽい。たぶん、紫陽花さんの弟さんだ。

『え、夜にゲームしててずるいって？　お姉ちゃんはいいの。高校生なんだから』

　紫陽花お姉ちゃん……。

　なんか、ヘンな気分になってくる。紫陽花お姉ちゃんのささやきボイス、６９８０円で好評配信中……。（わたしは友達なので無料……）

『だーめ、今からは遊ばないよ。明日も学校でしょ』

　小さな男の子が『えー』って言った。紫陽花さんの弟のわたしだ。わたしではないです。

『ほら、お部屋に戻って寝なさい。ええ？　なにもー、お姉ちゃん今、電話しているんだから、邪魔しないの』

　紫陽花お姉ちゃんは、困っているみたいだった。優しい紫陽花お姉ちゃんはわたしみたいに『うざいんだけどー！　帰れ帰れ！』とか叫ばないらしい。

『えぇー？　ほんと、いつまで経っても甘えん坊さんなんだから。お母さんは？　やなの？　お姉ちゃんがいいの？』

　はぁー……と大きなため息。

　諦めたように、紫陽花さんがうなずいた。

『もー……わかったってば』

　すると、電話口から申し訳なさそうな声がしてくる。

『ごめんね、れなちゃん』

「ぜんぜん、ぜんぜん」

それはお待たせしてごめんねって意味かと思ったんだけど。

『ちょっとチビを寝かしつけてくるから、ちょっとだけ、ごめんね』

「あ、ううん！　お気になさらず！」

『うん……またね』

ぷつりと電話が切れた。

急にひとりの世界に帰ってきた気がして、わたしは部屋のカーペットにぺたんと座り込んだ。

耳にはまだ、紫陽花さんの声の余韻が張りついたまま、ぼけーっとスマホの画面を眺める。

年の離れた弟がいるって、大変だなあ、紫陽花さん。おうちに帰ってからも毎日弟の面倒を見てあげてるんだろうなあ。

あんなに優しい女の子が、冷たい人間なわけないじゃんね。

はあ、わたしも来世は紫陽花さんの妹に生まれよ……。甘えて、寝かしつけてもらお……。

そんなことを思っていると、心の中の真唯が『でも君の現世は、私のフィアンセだろう？』とスパダリスマイルで微笑みかけてきた。

妄想を手でかき消す。こらこら、急に出てくるんじゃない。

なんとなくゲームの画面をつけたまま、しばらく待つ。けれど、紫陽花さんからは『ごめんね、きょうはやっぱり難しいかも。ほんとにごめんね』ってメッセージが送られてきた。

残念……っていう気持ちよりは、わたしなんか無料ガチャで山ほど出てくるようなキャラのために、紫陽花さんが気にしないでほしいなあ、って気分のほうが強かった。

ぽふんと頭だけベッドにもたれかかる。

あ、これ、なんか思った以上に疲れてるぞ……。

明るくて楽しくてかわいい紫陽花さんとの電話でさえ、こんなに体力を使ってしまうんだったら、わたしはこの先どうやって生きていくんだろうか。

自分の将来に悩みつつ、マジックポイントの限界がやってきたので、そのままベッドに潜り込んだ。

真剣に友達のことを考えたり、かあ……。

紗月さんと真唯の問題も、もう少しで解決する。

そしたら次は……改めて、真唯との勝負に答えを出さなきゃいけないのかな。

真唯は三年間でわたしを落とすと言った以上、焦ったりはしないと思うけど、黙って時が経つのを見過ごすようなタマでもない。

だけど、わたしだっていつかはあのスパダリに『親友だ』って、胸を張って言えるように。

「……んし」

起き上がって、もう少しだけ机に向かうことにした。

すぐに性格は変わらないし、並び立つような美貌なんて、ムリムリのムリ。だから。

せめて努力で、なんとかなるかもしれないところだけは、さ。

いつも寝る時間よりちょっぴりだけ夜ふかしして、わたしは四苦八苦して最後の一問をなんとかかんとか埋めたのであった。

毎日、小さくても一歩ずつ、前進！

＊＊＊

翌日のお昼休みのことだった。

いつもどおりの教室。真唯グループマイナス紗月さんの四人でお弁当を広げていた最中。

真唯があまりにも当たり前のように口を開いた。

「というわけで、そろそろ紗月と一度しっかり話をしてみようかと思ってね」

わたしは菓子パンをもぐもぐしながら、まばたきを繰り返す。

紗月さんとお話をする？　それって……。

「おおー」

「さっすがマイマイ！」

紫陽花さんが手を叩き、香穂ちゃんが称賛する。わたしはさらにワンテンポ遅れて「お話、えっ、お話!?」と声をあげた。

真唯が唐突なのはいつものことだけれど、なにゆえ、そんな心変わりを。

普段通りきらびやかな真唯は、隣の席に座っている美少女に微笑みかける。紫陽花さんだ。

「実は、今朝方、少し紫陽花と話をしてね」

なんと。

真唯と紫陽花さんはもちろん仲がいいんだけど、ふたりっきりで話しているところはあんまり見たことがなかった。

このクラスが誇る二大人気者が一対一で密談してたとか、なんか首脳会談って感じある。

紫陽花さんはちょっぴり恥ずかしそうにはにかんでいる。

「突然でごめんね、真唯ちゃん」

「いや、いいんだ。私もどうにかするべきだと思っていたからな。紫陽花はそんな私の背中を押してくれたのだろう」

「大したことは、してないけどね」

紫陽花さんはそこで、まるで目配せするみたいにわたしを見た。

えっ!?

「でも、私も友達のために、なにかをしてみたいって思っちゃったから」

「ふふ、君は本当に健気(けなげ)な娘だね」

「ううん、私なんてぜんぜんだよ」

ニコニコと微笑み合うふたりのご令嬢。なんだか、背景にはお花が咲き誇っているのが見える気がする。あまりにも美麗……。一幅(いっぷく)の絵画みたいだ……。

香穂ちゃんが無言でスマホを取り出して、真唯と紫陽花さんのツーショットをカシャッと記録した。なんで今撮ったの？　気持ちはわかる。

「これはまいあじ派が一歩リード……」

「なに、まいあじ派って……!?」

わたしは正面でいいムードのふたりに聞こえないよう、小声で香穂ちゃんに問う。

「入学以来、まいあじ派と、まいさつ派は、水面下で激しい戦いを繰り広げており……」

「いや、おかしいよね……！　どっちも女子じゃん……!?」

歴史書を読み解くかのように真顔で語っていた香穂ちゃんは、一転してしみじみと。

「うちの学校の男子、モテ層はだいたい彼女いるっぽいからねー」

「だからって……」

スパダリという称号を与えられてはいるものの、真唯はれっきとした女の子。どちらかというと、キラキラ系のお姫様タイプ。

それなのに、女子とカップリングされるなんて……。

真唯と紫陽花さんは、まるで社交界のパーティー会場で久しぶりに再会した幼馴染(おさななじ)みのように、笑い合っている。

「私の身の周りには、それこそ私と対等に話してくれるような友人が少なかったものだから。飾らない紫陽花の態度には、心が癒やされるよ。君とは長く付き合いたいものだね」

「あは、そう言ってもらえると、嬉しいな。私もね、真唯ちゃんみたいな素敵な女の子とお友達になれて、すっごく嬉しいよ」

「それはこちらこそさ、紫陽花」

ひょっとしてこのふたり、神様がペアで創ったのでは？　と思うほどにお似合いだった。

気のせいだろうか。なにか、こう、真唯が主人公のメインストーリーが進展している気がする……。真唯のヒロインは、紫陽花さんか、あるいは紗月さんなのか。案外、香穂ちゃんのセンもあるし、まだ見ぬ誰かなのかもしれない。

わたしはそりゃもちろん、主人公のいちばんの友人ポジに……。いちばんの友人か……なんかプレッシャー感じちゃうし、荷が重いな……。

わたしが一切口を挟めずに、目の前で繰り広げられるまいあじ劇場のお行儀いい観客になっていると、香穂ちゃんが物怖じせず手をあげた。

「はいはい、はい！　アーちゃんはマイマイをなんて説得したのか、聞きたいす！」

香穂ちゃんは強い。突破力がある。

それで人にウザがられないのは、キャラもあるんだろうけど、ちゃんと割り込めるタイミングを見つけるのがうまいんだ。高難易度のことをさらりとやってのけている……。

「それはね」

真唯が配慮して、紫陽花さんを見やる。

紫陽花さんは緊張したみたいに胸元を手で押さえながらも、口を開いた。

「あのね、私は真唯ちゃんも紗月ちゃんも好きだから、ふたりが他人みたいになっちゃっているのは、ちょっと寂しいなって思ったんだ。それを、ただ真唯ちゃんに伝えただけなの」

眉をハの字にして、紫陽花さんはふにゃっと微笑んだ。

「だからこれは、私のただのわがまま。真唯ちゃんに甘えてるだけなの」

照れ笑いしながら、そう言った。

これまで、紫陽花さんのわがままは、あくまでもおうちだったり、わたしとふたりっきりでいるときにだけ表に出てくるものだった。

今まで、学校でそんな風にわがままを口にすることは、なかったと思う。

紫陽花さんは人気者だし、真唯や紗月さんともちゃんと仲がいいんだから、わざわざ首を突っ込む必要なんて、まったくないのに。

もしかしたら余計なことをって、お前に関係ないだろって、言われるかもしれないのに、紫陽花さんは勇気を出してくれたんだ。

必要に迫られて、そうしなきゃ死んじゃうからってやってるわたしとは、ぜんぜん違う。

これこそ本当に、本当の優しい子だ。

「れなちゃん？　どうかした？」

「え？」

気づけばじっと紫陽花さんを見つめてしまってた。

慌てて顔をそらす。

なんか、すごく感動してしまった。危うく泣いちゃうところだった。

自分が傷つくことになっても、他人を思いやることができる人なんだ。紫陽花さんは。

紫陽花さんのこと、すごい人だなって思ってたけど、わたしが思うよりもずっとすごい人だった。優しいだけじゃなくて、かわいいだけじゃなくて、強くて立派な人だ。

「なあに？」

「うう、なんでもないです……。瀬名先輩、さすがです……」

「えっ、なんだか心の距離を感じる呼び方になってない!?」

尊敬の念を抑えきれなくて、つい……。ありがとう神様、紫陽花さんを芦ケ谷（あしがや）高校に遣わせてくださって、ありがとう。わたしちゃんと祈りを捧げます……。

わたしが感涙（かんるい）に咽（むせ）び泣く前に、真唯が話を引き継いでくれた。

「まあ、そういうことだよ、香穂。私も自分の振る舞いで、他の誰かがどんな気持ちになるかなんて、考えてもいなかった。まさか身近な友人に、悲しい想いをさせてしまっていたとはな。紫陽花には教えられたよ」

「ううん、こちらこそだよ。人に言われたからって、キチンと話し合ってみようだなんて、ふつうは思えないよ。真唯ちゃんが立派な大人だからだと思うな」

「はは、面映ゆいな」

しかし、さすがの紫陽花さんでも、真唯の本性は見抜けなかったようだ。そいつ、大人の対局に位置する女なんですよ……。

ひとしきり、紫陽花さんと真唯がいちゃいちゃしているのを眺めているとだ。

「そこでだ」

真唯がくるりと話を変えた。

「頼みがあるんだ」

真唯の目はわたしを見つめている。

「れな子に立会人になってほしいんだ。私と紗月がふたりきりで会うと、また憎まれ口を叩いてしまいそうだからな。手間を取らせるし、迷惑かけるとは思うが」

ふむふむ、なるほど……。

って、え!?

急に話を振られて、頭が一瞬フリーズしてしまった。

「なんでわたしをご指名!?」

「なぜって、私に言わせる気かい？」

ふふふ、と気取った顔で微笑む真唯だけど、いやいや。

わたしがふたりのケンカの原因をばっちり知っているからでしょ!?

「マイマイの推しだから！」

「正解」

王塚真唯主催クイズ大会に正解した香穂ちゃんが、いえーい、と両手をあげる。いや、要するにそういうことなのかもしれないけど、要しすぎではありませんか!?

「どうかな、れな子。難しいかい？」

「そ、それは……」

ふたりの仲裁なんて、うまくできる自信まったくない。

最近は逃げ出さなくなったとはいえ、わたしはいまだにたびたび屋上行って引きこもるような女だ。そんなやつが人のサポートとか、ムリムリ、ムリに決まってる。まず自分の世話しろって話だよ！

てかそもそも、話し合いなんてしなくたって、あと一週間もすれば、紗月さんはちゃんと真唯と仲直りするつもりなのだ……けど……。

「れなちゃんがつらいなら、無理しないでね」

優しく微笑んでくれる紫陽花さんが作ってくれた機会だ。わたしが台無しにしちゃうのだけはない。それぐらい、わたしだってわかる。

うう、だったらせめて、香穂ちゃんが一緒に来てくれるとか！

助けを求めるような目を向けると、香穂ちゃんはわたしの肩に手を置いて静かに首を振った。そいつはあたしの役目じゃないぜ、とでも言いたげな瞳だった。

「そいつはあたしの役目じゃないぜ」

ってていうか言った。空気を読んでくれよとか言わず、ちゃんと伝えてくれる香穂ちゃんはコミュ障にとってあまりにもありがたい存在だった。

人付き合いにおいて『わかりやすい』ということが、どれほど重要な意味をもつのか、わたしは香穂ちゃんの存在を通じてまたひとつ学ぶことができたのだった。くう！

美少女たちの視線がわたしに突き刺さる。

こういうの、ほんっとに、あまりにも向いてないのに！

でも、紫陽花さんもがんばったんだ！　真唯だって紗月さんと話すことを決めたんだ！　次は、わたしの番だ！

ぽふ、とわたしは力なく胸を叩いた。

「わかった……。みんな、王塚さんと紗月さんのことは、わたしにまかせて……。わたしが、なんとかするよ……」

そう言ってわたしは、胃の中のごはんを逆流させないように耐えながら、おそらくゾンビみたいな顔で笑ったのだった。

　ただ、紗月さん側はどうなんだろう……って思っていたら、紗月さんに関しても、先に紫陽花さんが声をかけてくれていたらしい。

　紫陽花さんにお願いされたとあっては、紗月さんでも『仕方ないわね……』と渋々ながらも、うなずかざるを得なかったとか。

　それ自体はいいことだ。ふたりが話し合いの機会をもつことも。

　……いや、理屈ではわかるよ。二週間経って元鞘に収まるつもりの紗月さんだけど、それはあくまでもいつもみたいに譲歩して妥協して紗月さんが折れてくれるだけのことだ。

　もし真唯が『悪かった』と頭を下げて反省してくれるなら、それに越したことはない。けどね!?

　そのための場にいるのがわたし！　わたしだよ!?　紫陽花さんじゃないんだよ！

　あああ人と人の仲を取り持つなんて、どうやればいいのかぜんぜんわかんないよお！

　というわけで、紗月さん！　わたしのことはまったくあてにしないで、ひとりでちゃんとがんばってください！　そばで応援、応援はするから！

　フレーフレー、紗月さん！　がんばれがんばれ紗月さんー！

「いや、そういうのは鬱陶しいからいらないわ」

放課後、勝負のときはやってきた。

校門前で、わたしと紗月さんは待ちぼうけを食らっている。ここで真唯に待っているように言われたのだ。

「でも、これがわたしの人間力が試される、一学期の集大成みたいなもので……」

そうだ。陽キャグループとの交流の成果を思う存分発揮するんだ。

お腹痛くなっちゃったり、めまいがしたり、話している最中に、誰ひとり自分を知らない世界に行きたくなったりしたあの経験を活かせ。ムリそう！

「大丈夫よ、甘織」

紗月さんは（きっと本人的には優しく微笑んでいると思われる表情で）元気づけてくれた。

「あなたはそばにいてくれるだけでいいの。それで私はすごく勇気をもらえるわ」

「……ほんとに？」

「ええ、もちろんよ。心温まるし、落ち着くわ。いつもと変わらぬ自分らしさを発揮できそう。体重も3キロ落ちて毎日4時間しか寝なくても8時間睡眠と同じ効力が得られるようになる上に買った宝くじでは2億円が当たるでしょうね」

「怪しい通販サイトの宣伝文句か！」

あまりにも慰め方が下手すぎた。

「ごめんなさい、ウソをついて」

「いや、別にいいんですけど……気持ちだけありがたくもらっておきますので……」

「私は宝くじは買わないわ。曖昧なものに希望を託すつもりはないの」

「ウソってそこ!?」

わたしが叫ぶと、紗月さんが唐突に舌打ちした。ビビる。

「それにしても、暑いわね……。なんでこんなところで待たされなきゃいけないのかしら……。むやみに注目を集めている気もするし……」

下校の生徒たちが通りすぎるたびに、こちらをチラチラと見ている。……でもそれは、黒髪で長身美人の紗月さんが、物憂げに色っぽく佇んでいるからでは……。

はは、と笑いつつ、わたしは紗月さんが怒って途中で帰らないように慌てて話を変えることにした。人間関係を接着する仕事が始まる！

「に、にしても、静かな場所に移動するって言ってたよね。雰囲気のいい喫茶店とかかな？」

「あなた、まだあいつのことを理解していないわね」

紗月さんに鼻で笑われた。

「そんな一般人が想像するような場所なはずがないでしょ。あいつのことよ。私たちの想像を嫌な意味で上回るに決まっているわ」

「嫌な意味で」

言わんとすることがあまりにもわかる。

さすが紗月さん。王塚真唯被害者の会の終身名誉会長。

「うーん。じゃあ、高級ホテルのラウンジとか……？」

「まだまだ甘いわね、甘織。お母様所有会社の30人ぐらいは入れるような会議室に通されるまであるわ。『どうだ？　ここなら人に聞かれる心配もないだろう？』って、得意げなニコニコ顔で、重役の椅子にあいつが座るのよ」

「えっ、こわぁ……」

紗月さんが、ふう、と黄昏色のため息をつく。生ぬるい風に揺られた長い黒髪は、ブラックスワンの翼のようだった。

「いい？　甘織。あいつのやることに、いちいち驚いちゃだめよ。得意げになって、次はどんなことをして驚かせてあげようかな、って純然たる善意でワクワクするのがあいつだから」

「わ、わかります！　先輩！」

「対抗策は無の心よ。なにをされようが、どこに連れていかれようが、『そういうものね』と納得して、受け流すの」

「さすが先輩……対王塚真唯のスペシャリスト」

「ええ。私はこの方法を小学生時代に編み出すことによって、『今回も反応が少なかったか……よし、次はもっと趣向を凝らしてびっくりさせないとな！』と、常に逆境を楽しむモンスターを生み出したわ」

「ぜんぶ紗月さんのせいだった!?」

ぽろっと語られる衝撃の事実。

つまり、今までわたしがされたあれもこれもそれも、元はというと、すべての原因は紗月さんってことに……!?

紗月さんはごまかすように微笑んだ。

「悪かったわね、甘織」

「責任！　責任とってくださいよ！」

「せ、責任……？　あなた、ちょっと人前でなにを叫んで……」

「ちがーう！　真唯のことだよお！」

「まあ知ってたけど」

「今のが冗談っていうのも、わかってきましたからね！」

「む……」

紗月さんは一瞬だけ不機嫌そうに眉根を寄せる。怯える気持ちもありつつ、澄まし顔の皮を剝ぎ取って、本音で話してくれていることが嬉しい気持ちもありつつ……。

わたしが複雑な気持ちを抱えているところで、ようやく真唯がやってきた。真唯がっていうか、リムジンが。

「またリムジンだ……なんだか、国内の車ってだいたいリムジンな気持ちになってきますね」

「気を確かに持ちなさい、甘織」

ちなみに今までのリムジンは、似たような形だけど、どれも車種が違っているようだった。少なくとも三台以上持っているらしい。なんだ、お金持ちか？　お金持ちだったわ。

リムジンが停車し、運転手の女性が降りてきて、まるで玉座(ぎょくざ)の間の大扉を開くかのように、後部席のドアを開ける。

すると、そこからキラキラキラと、光の粒子のようなものがこぼれてきた。それは、細く長い金色の髪であった。

「待たせてしまったね、すまない。それじゃあ、行こうじゃないか」

長い足を地面に下ろして、真唯がわたしたちを迎えに車から降りてくる。

現れたスパダリの姿に、下校途中の女子生徒が黄色い歓声をあげていた。男子からの視線もぴりぴり感じる。

うーむ、この顔に、このスタイルに、この財力……。人間社会で成功するためのすべてを兼ね備えていらっしゃる……。

ちらりと紗月さんを横目に窺(うかが)う。こんなのが幼馴染みの紗月さんは、いったい今なにを思っているんだろうか。

澄まし顔だった。そうか、これが無の心……。

「遅いわよ」

するると、近くに控えていた美人の運転手さんが頭を下げた。

「申し訳ございません、琴さま」

「……いや、花取さんに言ったわけじゃないけれど」

ふふふ、と運転手のお姉さんが笑う。

「わかっていて言いました。琴さまが困るかなーって」

「…………………甘織、私帰るから、あとよろしく」

真唯とすらまともに話してないのに！

「ちょ、ちょっと！　わたしひとり行ったたって意味ないでしょ!?　ね、ね、あ、ほら！　ここで帰ったら明日、紫陽花さんが悲しむよ！　『そっかぁ……』って悲しそうだけどそんな自分を隠して微笑む紫陽花さん、わたしは見たくないなあ！」

「ぐっ…………」

切り札カード『瀬名紫陽花の悲しみ』を場にオープンするわたし。初手からあまりにも全力だった。紗月さんは心から悔しそうに足を止める。

「生きていく限り、しがらみが増え続けてゆく……。誰にも寄らず、たったひとりで生きられたら楽なのに……」

「よくわからないけれど、さあどうぞ、お乗り」

陰々滅々とした紗月さんとは対照的に、真唯はひとつの黒点もないような笑顔だった。

花取さん（毎回リムジンを運転してくるけど、ようやく初めて名前を知った）が「どうぞ」とドアを開けてくれる。

「あ、ありがとうございます」

「いえ」

にこりというその微笑みは、一切の他意が見えない完璧な営業スマイルだった。なんかちょっと、怖い……！

後部座席（リムジンでも座席って言うんだろうか）にお邪魔して、真唯の正面に座るわたしと紗月さん。

ていうか、もうここで話せばよくない？

そんなわたしの素朴な疑問も乗せて、リムジンが走り出す。エンジン音がするのにまったく揺れないのは、花取さんの実力か、あるいはそういう不思議な乗り物なのか。

「えーと……」

真唯はぺらぺらとファッション誌をめくり、紗月さんはずっと窓の外を眺めている。沈黙に耐えきれず、わたしが小さく手を上げる。

「ところで、どこに行くんでしょーか……」

ふふっと真唯が笑う。

その笑顔を見て、わたしはうめき声を上げそうになる。

「話し合うのにふさわしい、いい場所さ」

肘掛け(ひじか)に頬杖(ほおづえ)をついた真唯の美しさに、思わず頬が赤くなった。

それはまさしく、どんなことをして驚かせてあげようかな、という純然たる善意でワクワクしている美女の魅力的な笑顔に他ならなかったから。


「だから、言ったでしょう」

「嫌な意味で上回る女……」

向かいに座る真唯が、うん？　と首をかしげる。

自分が今どこにいるのか。それはめちゃくちゃ正しく理解している。

ここは、銀座の高級料亭であった。

店に横付けしたリムジンから降りて、真唯の顔パスで中へとイン。それから旅館の玄関みたいな場所で靴を脱ぎ、異世界に続いていそうな曲がりくねった長い廊下を通された先だ。

ドラマでしか見たことがないような和の空間。掛け軸とかが飾ってあって、どこからかししおどしのカポーンという音が今にも聞こえてきそう。

おそらくこれから未来永劫(えいごう)、『あ、そうだ、銀座の高級料亭にいこ』って思いつくことはないであろうわたしの、きょうが最初で最後の料亭日だ……。

真唯は得意げに、運ばれてきたお茶に口をつけつつ。

「静かで、ここなら誰にも聞かれることはない。話をするには、ぴったりだろう？　今回こそ、私は間違えなかったな」

「スケール感が、女子高生じゃないんだよ……。政治家が密談とかに利用する、秘匿性がちなやつじゃん……」

確かに方向性は合っている。ちょっと甘いものが食べたいなーって言った人に、ワゴンでウエディングケーキを運んでくるようなレベルの話だけど！

「ちょうどいいから、夕食も一緒にどうだい？　ここの会席料理はなかなかでね」

「だろうよ！　料亭だしね!?」

「一概には言えないよ、れな子。料亭といっても、看板にあぐらをかいている店もある。嘆かわしい昨今だが、ここは本物だ」

「そっか！　なにも知らずにすみません！　てかそういうことが言いたいのではなく！」

キラリと目を光らせてドヤ顔をしていた真唯は「まあ、なんだ」とわずかに目をそらす。

「こないだは、君においしいものを食べさせてあげると約束しておきながら、守れなかったからね、ついでにどうかなと思ったのだけど……ここなら静かで、他に人もいないだろう？」

「うっ」

どこか力なく微笑む真唯に、わたしは思わずうろたえてしまう。

確かに料亭は、静かで、人口密度が限りなく低く、引きこもりのわたしがトイレに駆け込む必要もない場所だ。

まさか真唯が、パーティーの件を根深く反省していたなんて、思ってもみなかった。

そういう殊勝（しゅしょう）な態度に出られると、途端に困ってしまう。

だって、そんな心遣いは、嬉しいから……！

わたしが困っていると、横に座っていた紗月さんがスッと手をあげた。

「私はけっこうよ。家に食事があるもの。食べるなら、終わった後にどうぞ」

「そうか。じゃあれな子、二人前をお願いしてもいいかな？」

「うう～…………じゃ、じゃあそれで……」

と、わたしが途端に脂汗（あぶらあせ）をかきながら、ブリキの人形みたいにうなずく。

突然ですが、ここで緊急速報です！　ちょっとわたしの心境を整理するついでに、解説させてもらってもいいですか!?　いいよね、ありがとう！

がんばってアルバイトしてる紗月さんが先に帰って、ただ真唯に好かれているっていう理由だけで、こんなすごいところで食事のお相伴（しょうばん）にあずかるとか、ぜったい無理じゃん!?

でも、わたしのために真唯がわざわざセッティングしてくれたわけじゃん!?

そして人からのお誘いに断ることができないわたしじゃん!?

三方向から縄で引っ張られた心が、バラバラに引き裂かれそうになりつつも、ＯＫするとだ。

真唯が「あー」となにか気づいたように、視線を手元の湯飲みに落とす。

「いや、いいんだ」

顔をあげてにっこりと笑う真唯。

「君と食事をする機会はこれからいくらでも作ろうじゃないか。目的をはき違えるつもりはないんだ。きょうは話をしに来たのだからね」

胸が！　すごい痛むんですけど！

なんでそんなに優しいんだよ！　わたしは、わたしは真唯を裏切って……裏切って紗月さんと、付き合っているっていうのに……。

だめだ。真唯と紗月さんが話を始める前に、罪悪感で死んでしまいそうだ。

人知れず体が薄くなっていると、紗月さんが「そんなことより」と切り出した。

「あなた、私と話したいことがあるんでしょう。そちらを進めてちょうだい」

「そうだね。そうしようか」

真唯はあくまでも自然体だった。

「どうだい、慣れないアルバイトは。大変じゃないかい？」

「そうでもないわ。ドーナツも割引価格で買えるもの」

「社会人歴では私が先輩なんだ。困ったことがあったら、なんでも聞いてくれていいんだよ」

さすがに真唯は紗月さんがアルバイトしていることも、知っていたみたいだ。まあそうか。

ていうか、真唯のほうが社会人歴が長い……？　こんな貴族みたいな女にいったいなんの仕事が務まるというのか……って思ったら、ずっと昔からモデルやってるんだった！

「社会人……えっ、社会人なの？　真唯って」

高校生の誰もが心の中にもつ『社会人！』と書かれているスーツ姿のおねえさんの銅像が粉々に砕け、そこへ代わりに王塚真唯の黄金像が建った。

真唯はふっと笑みを浮かべる。

「そうだよ、れな子。君と遊ぶときにはいつも、私は自分で稼いだお金を使っているんだ。普段は学校と仕事に忙しく、お金を使う暇もなくてね。だから気にしないで、これまで通り私にお金を使わせてくれ。君に貢ぐのは楽しいんだ」

紗月さんにすかさず蔑まれた。

「甘織、あなた……」

「やっ、ちょっ、ちがっ！　誤解です、誤解！　わたしはお金せがんだことなんて一度もないですから！　あんたが勝手に使うんじゃん!?　記憶の捏造、反対！」

全力でバッテンマークを作り、ふたりを促す。

「ていうか、ほら、話！　お話！」

「ああ、そうだね。ええと、紗月」

楽しそうに笑っていた真唯が表情を整える。その瞳は、にわかに真剣さを帯びた。

真唯の普段の雰囲気は柔らかくて、黄金の毛並みをもつ羊みたいなんだけど、こうして真面目にしているとまるで別人のような印象を受ける。どんな闇でも汚すことのできない、高潔な光の女神だ。

わたしはふたりの邪魔にならないように、口をつぐむことにした。

「私のことだ。また、君の気に障るようなことをしてしまったのだろう」

お、よさげな出だし。

「……別に」

紗月さんは視線を逸らした。

簡単に『そうよ』と言えない、乙女心。

特に、真唯相手だ。紗月さんの意地っ張りの強度は、ダイアモンドを遥かにしのぐ。

「君も、相変わらずだな。私がなにをしたのか一切、教えてくれようとしない。いつもそうだ。こういう言い方は卑怯かもしれないが、私だって好きでやっているわけじゃないんだ」

「……好きでやっていることも多そうなのだけれど」

「それで君が怒るなら、致し方ないことだけどね。だが、そうじゃないことで君が怒るのは、私にとっても不本意なんだよ。せめて理由を教えてくれれば、私だって改善の余地があると思うんだけれどね」

「……それは」

紗月さんは歯切れ悪く、言葉を飲み込んだ。言いたいけど、言えないことがある。そんな表情をしてる。

真唯のほうがずっと理知的で、それは普段の教室のふたりとは真逆の構図だった。

「特に、今回はずいぶんと長引いている。普段なら、まったく仕方ないという顔で、三日も経てば元通りになる君がだ。よほど腹に据えかねたのだろう。それなら、なんでも言ってくれたほうが私としても、ありがたいんだよ」

「だから、私は、別に」

どれほど真唯がせがんだところで、紗月さんはきっと素直に話したりできない。

だから思わず、わたしは見かねて口を挟んでいた。

「あ、あのね、真唯。紗月さんは真唯に『だって君、私のことが好』おご！」

隣に座った紗月さんに、脇腹を貫かれた！

脇を押さえつつ、いきなり手を出してきた紗月さんに、がなる。

「だって紗月さんが言わないからー！」

「それを根に持っているってこの女に知られてみなさいよ！　一生マウントを取られ続けるわよ！　ていうか根に持ってないし！」

「ええー……？」

わたしが、最後の発言はさすがにムリでしょー……という顔で見返すと、カッと紗月さんの顔が赤くなった。

「あのね！　この際だから、きっぱりと誤解を解いておきたいのだけれど！」

紗月さんは勢いよく真唯を指差し、目をつむって叫んだ。

「言っておくけど私、真唯のこととか好きでもなんでもないから！」

「それ、びっくりするほど好きな人のセリフじゃん……」

「黙ってなさい甘織！」

小声のつぶやきを聞きとがめられて、鋭くにらまれた。震え上がる。

紗月さんは視線をスライドし、その勢いのまま真唯に獰猛（どうもう）な目を向けた。

「そもそもあなたよ。なんで私があなたを好きだって思ったのよ。根拠を言ってみなさいよ、根拠を」

「そんなのいちいち口に出す必要があるかい？　君は昔からずっと私のそばにいた。当然のように、想いは伝わっているよ」

真唯は胸に手を当てて、ウンウンとひとりうなずく。

紗月さんがうっと身を引く。

「お、想いって」

「なんでもかんでも私に突っかかってくる。まるで男子小学生みたいだ。好きな子を困らせたいっていうその気持ち、よくわかるよ」

で、でたー！　王塚真唯のプリンセスオブポジティブ！　真唯さんの瞳を通じて見る世界はあまりにも輝いているぞー！

「なによそれ……あなた、私の行動で困ったことなんてないじゃない」

「そんなことはないよ。現に今も、どうすれば君と仲直りをして、紫陽花や香穂、それにれな子の期待に応えることができるのかわからず、困っている」

「だいたい、私はもう高校一年生なんだから、そんな子供っぽい真似をするわけないでしょ」

「ああ！」

わたしは手を打った。

「そっか、紗月さん真唯が好きだから真唯を困らせてやりたくて私とおご！」

脇腹に鋭い痛みが走る！

「私は大人になったのよ。見えるところも、見えないところも」

そう言い張る紗月さんに、真唯の放った言葉は。

残酷な意味に聞こえてしまった。

「知り合った頃から、あまり変わっていないように思えるけれどね」

「……な……なによそれ」

真唯に人を見る目があるかどうかと言えば、正直ないと思う。それは、わたしなんかを運命の人呼ばわりするところからも明らかだ。

けど、それはそうとして、真唯はいつだって素直に物事の本質を見抜こうとする。

たぶん、自分が王塚真唯ってスーパースターを演じているから本当の自分を見てもらえていないのかもしれない、っていう悩みの裏返しなんだと思う。

自分がしてもらいたいことを、他の人にはちゃんとしてあげようとする真唯は、そりゃ誰からも好かれるに決まってる善良な性格だろう。

なんだけど……、仮に、背伸びしようとがんばっても、見栄や虚飾が一切通用しないんだとしたら、それはだいぶ話が変わってくる。

思った。真唯と紗月さんって、めちゃくちゃ相性が悪いのでは、と……。

実際、『変わっていない』と言われた紗月さんは、言葉を失うほどに動揺してしまっていた。

「……そんな……なんで、そんなことを言うのよ……」

紗月さんは『自分はこうありたい』と願う鎧(よろい)を身につけて、毎日戦っているのだ。

真唯の目に、そんな紗月さんの努力はどんな風に見えているのか。わたしは想像して、少し怖くなってしまった。

もしかしたら真唯は、紗月さんががんばって自分を強く見せようとしていることに対して、少しも価値を感じていないんじゃないだろうか。

無駄な贅肉(ぜいにく)をつけているな、と哀(あわ)れんでさえいたり……するんだろうか、って。

さすがにそれは、わたしの行き過ぎた妄想だと思うけど！

紗月さんが、叫ぶ。さんざん溜め込んだ鬱憤を爆発させるように。

「――自分こそどうなのよ！」

「なにがだい？」

「図体ばっかりでかくなって、ちょっと気に入らないことがあると泣きわめいて！」

「それは」

「大人になったつもりかもしれないけれど、いつも周りに迷惑をかけてばかり！　脳みそに女子小学生詰まっているんじゃないの!?」

ある意味では、紗月さんも真唯のように、相手の見たくない部分を突きつけただけだったのかもしれないけど。悪気がなかった真唯に対して、紗月さんの言葉は明らかに相手を傷つけようとして放たれた刃だった。

さすがの真唯も、声に不機嫌さをにじませる。

「それは……今、私のことは関係ないだろう？　そうだ、君はれな子にべらべらと喋ってしまったんだったな。それについては、口止めをしていなかった私が迂闊だったさ」

「そうね、あなたは昔からほんっとにずっと迂闊だったわ。いつだってそう。普通の人が躊躇する場面であっても、あなたは『自分なら大丈夫だろう』って無根拠な自信を抱えているのだから、痛い目を見るのよ。甘織を怒らせたときだって、そうだったんでしょう？」

さらにグサリ。真唯が目を細める。

「……あれは、私の過ちだ。失敗は認めよう。だけど、これでも常に善くあろうと努力しているつもりだけどね」

「あら、立派なことだと思うわ。だから真唯が努力をしている成果は、ぜひとも恋人の甘織に見てもらえばいいじゃない。今度うちに遊びに来るといいわ、甘織。探せば真唯が大失敗してグズグズに泣いている写真の十枚や二十枚は見つかるでしょう」

「ええっ……？」

真唯の泣き顔……。ぜんぜん想像つかない。確かに、見たいは見たいけど……。

そこで真唯がバンとテーブルを叩く。ひっ。

ついに真唯の堪忍袋の緒に、切れ目が入った。

「なぜれな子を巻き込もうとするんだ！　君は本当に意地悪だ！」

「朝五時半まで泣くあなたに付き合ってあげた時点で、優しさ振り切れていると思うけれど!?」

真唯は人に優しくされることに慣れすぎているのよ！　嫌いだわ、そういうところ！」

「私だって、あとから恩を着せるようなことを言う君の性根が気に入らないね！　それなら最初から断ってくれたらよかったんだ！」

「強がり言って！　私が断ったら他に行くところなんてないくせに！」

「いいや、そんなことはない！」

ケンカが、ケンカが始まっちゃう……と怯えていたわたしの傍らに、真唯が寄ってきた。

そして、わたしの腕を取る。……うん？

「私には今、心から愛する女性がいるからな。次からはれな子を頼ることにするよ」

「えっ!?」

真唯はうっとりとした笑みを浮かべていた。

そして、当てつけるように紗月さんを見やる。

「だから、今までありがとう、紗月。これから先、私の隣には、れな子がいる。私はれな子と共に歩んでゆくよ。結婚しよう、れな子」

「しませんけど!?」

なにどさくさに紛れて言ってんの！

ていうか、プールでわたしに泣き顔をぜったいに見せようとしなかった真唯だ。恋人に素直に泣きついてくるなんて、到底できるとは思えない。これは売り言葉に買い言葉、紗月さんの前で対抗心をむき出しにしているだけだ……。

しかし、そんな真唯に対して、紗月さんが顔をしかめた。

「今までありがとう、ですって……？」

自分がこれだけ我慢して付き合ってやってたのに、という憤りを感じる。紗月さんとしては、恩を仇で返された気分なのかもしれない。

背筋がぞわっ、、、とした。

なんだ……？　や、やばい。わからないけど、これ以上この場にいたら、とんでもないことに巻き込まれる気がしてきた。

あっ、おなか痛くなってきた、痛くなってきた気がする！　中学時代のトラウマが蘇る。痛くなってきたと思い込むことによって、本当に痛くなってくる現象だ。これによってわたしは数々の授業を欠席した実績をもつ。よし、トイレいこ。

「ふふ」

立ち上がりかけたわたしは、ぴたりと止まる。

「ふふふふふ……」

横を見ると、紗月さんが口元を三日月のようにして笑っていた。こわい。

がっしりと手首を摑まれる。まるで蜘蛛（くも）の糸に上ろうとしたわたしを引きずり下ろす亡者（もうじゃ）。

「滑稽（こっけい）だわ。だったら、あなたはひとりになってしまうのね、王塚真唯」

「……なんだって？」

あっ、これ。やばい。

「あなたにもわかるように言ってあげるわ。私と甘織は付き合っているのよ！」

ババーン！

料亭に響き渡る紗月さんのカミングアウト。ああー！

わたしは肩をすくめて目を閉じていたけれど、当の真唯からのリアクションがなかった。

恐る恐る薄目を開く。

すると、真唯はぱちぱちと瞬きを繰り返していた。

「なにを言っているんだ？　君は」

真唯はまったく信じていないようだった。

あっ、そりゃそうか。わたしと紗月さんの関係を知っている人ほど、わたしたちが付き合っているだなんて、荒唐無稽な話にしか聞こえないだろう。

紫陽花さんや香穂ちゃんだって……いや、香穂ちゃんはなんだか不思議な力があるからわかんないけど、信じるわけがない。

「笑えない冗談はいい加減にするんだ、紗月。私と君を天秤にかけて、君を選ぶような人間がいるとは、到底思えない」

だとしても、真唯のその台詞はちょっと思い上がりすぎなんじゃないかって思ったけど！

ふふっ、と髪をなでつけながら微笑する真唯に、紗月さんがスマホを突きつけた。

「これが証拠のキス写真よ」

「ばかな!?!?!?」

画面を見て、真唯がのけぞって倒れる。真唯ー！

そこにはばっちりと、あの夜の、私と紗月さんのキスが映し出されていた。

「ちょおおおお！　なんで持っているんですか!?　紗月さん！」

「こんなこともあろうかと思って、ちゃんとカメラは起動していたのよ」

この人は！　本当に抜け目がない！

ていうか、人にキスしているところを見られるとか、いくら友達相手とはいえ、あんまりにも恥ずかしくて脳が沸騰しそうだ。

いや、それ以前に！

「そんなの見せたら！」

「見せたら？」

「真唯が勘違いするじゃないですかあ！」

全力の叫びを浴びてもなお、紗月さんはまるで揺るがない。

「勘違い？　なにを言っているの？」

紗月さんはわたしの頬に手を当ててきた。ひえっ。その手のひらはじんわりと熱くて、紗月さんの興奮が伝わってくるようだ。

あまりにも美しいお顔がわたしを覗き込み、名画のように笑う。

「画像に写っているものがすべてでしょう。ねえ、ここで続きをしてあげてもいいのよ？」

これが二週間前なら、紗月さんのプレッシャーに気圧され、なにも言えなくなったまま顔を

真っ赤にして、口をぱくぱくさせることしかできなかっただろう。

だけど今のわたしは違う。紗月さんの手をばっと引き剝がし、思いっきり指摘する。

「めちゃくちゃ恥ずかしがってたくせに！」

みるみるうちに、紗月さんの顔が赤くなってゆく。

「そ、それはそうでしょ！　だって初めてだったんだもの！」

「だ、大丈夫だよ！　あのキスはノーカンだから！　寝ぼけてたからね！」

「そんなの、あなたがそう言い張っているだけでしょう！」

「だってムリだもん！　こんな美人な紗月さんのファーストキスを奪ってしまったなんて事実に、わたしの存在が耐えられないよ！」

「別にだからって、ああしなさいこうしなさいとか要求していないでしょ！　起きた出来事をなかったことにされること自体が、遺憾よ！」

わたしと紗月さんの、限りなくマジっぽい口論を見て。

真唯は、愕然とうなだれていた。

「ばかな……この私が、紗月に敗れる、だと……？」

まるでRPGのラスボスみたいだった。

「あっ、いや、真唯！　あくまでも紗月さんは真唯への当てつけにって、最初はほっぺにするつもりで！　これは、事故みたいなもので！　だから、違くて！」

「なにが違うというの？」

紗月さんが後ろからわたしを抱きしめてくる。ちょっとぉ！

振りほどけない。紗月さんも力が強いなあ！

耳元に口を近づけてきた紗月さんが、甘い死神のようにささやきかけてくる。

「私と恋人関係になって、私とキスしたというのが、もし事実と相違しているというのなら、言ってみて？　そんなこと、できないでしょうけれど」

その声は静まりかえった部屋の中、やけに大きく響いた。

「恋人、関係に……？」

真唯が目を見開く。その姿が、わたしにははっきりと見える。

「う、ううう……ち、違うの……これは、二週間限定のお付き合いで……」

「そうね。でも、『お付き合い』よね？　あなた」

「れな子……」

「うううううう」

紗月さんと真唯と後悔に挟まれて、ぺちゃんこになりそうだ。

どうしてこんなことになってしまったのか。最初からわかっていたはずなのに。

紗月さんと恋人関係を結べば、真唯が傷つくって。

ふたりを仲直りさせることだけで頭がいっぱいだったから、そこから先をなにも考えていなかった。他にもいくらでも方法があったはずだ。

大切な友達だから、ちゃんと大切にしなきゃいけなかったのに。真唯に黙ってその幼馴染みと付き合うだなんて、本当に最悪だ。

真唯が弱々しく顔をあげる。髪の隙間（すきま）から濡れた瞳がわたしを映す。

友達だと思っていたのにと、真唯に恨み言を投げられたら、わたしはもう二度と立ち直れないかもしれない。

真唯は口を開く。

「なぜ……れな子……。私という恋人がいながら、浮気など……」

「友達！　友達だから！　れまフレ！　恋人じゃない！」

なんなの!?　付き合ってるつもりだったの!?　こいつ記憶をどこに吹っ飛ばした!?

「だって言ったじゃん！　紗月さんの好きなようにやらせてやれって！　その結果がこれなんだよ！」

「そうか、あのとき本当は、君は私を試していたのか……？　本当は止（や）めてほしいと張り裂けそうな胸で叫んでいたのに、私が君を手放してしまったから……」

「誰がそんな恋人の愛情を試すためにわざと浮気をする女みたいなことするかよぉ！」

早口で叫ぶ。

真唯に責任を押しつけるみたいで、本当に申し訳ないのだけど、実際わたしの背中を押したのは、あのときの真唯の言葉だったから。

「最後に自分のそばにいればいいって言ったのは、真唯じゃん！」

「では、心は私の下にあると……？」

「わたしの心はわたしのものだけど!?」

打ちひしがれた真唯の前に立ち、紗月さんはこれ見よがしにわたしの腰を抱いた。

「これよ、これが見たかったの……」

そして、魔法少女にトドメを刺す寸前の悪の幹部みたいに、笑う。

「私はこれが見たかったのよ！　王塚真唯が、私の前に這いつくばっている姿を！　ああ、なんて気分がいい！　きょうが私の生まれた日よ！　琴紗月の人生はここに完成したわ！」

紗月さんは至上の笑顔で、高笑いをした。

ああもう、どうすればいいんだこの地獄みたいな状況……。

紫陽花さん、ほんとにごめん……わたしなんかのコミュ力じゃ、どうすることもできなかったよ……。役立たずで、ごめんなさい……。

心の底から勝ち誇っている紗月さんに、真唯が声をかける。

「……待て、紗月。さっきれな子は二週間限定の付き合いと言ったな。だが、その先はどうするつもりだ？」

「そうね。最初はそのつもりだったけれど、気分がいいから甘織次第ではその先を付き合うのもやぶさかではないわね」

えっ!? ちょ、ちょっと待ってくださいよ、紗月さん! 約束が違うじゃん!

だって、ふたりは仲直りするために……。

って、ここまで勝利宣言を叫んだ状態で『じゃあ二週間経ったから元通りになりましょう、真唯』とかできるか! そりゃそうだわ!

「君は、れな子と結婚するのか？」

「じゃあするわ」

「しないよ!?」

人を見返すために結婚相手を選ぶなよ、琴紗月!

すると、そこでようやく真唯の顔に若干の余裕が戻ってきた。

「ならばこれからの人生で、私にはいくらでもチャンスが巡ってくるということだな。私は一度敗北感を覚えた程度で諦めるような、凡庸な女ではないぞ」

「む……それはうざいわね」

「君のことなど忘れさせてみせる。それだけの自信はある」

「私に横からかっさらわれたくせに？」

「長い人生の通過点だ。そんなこともあるだろう。むしろ君と付き合ったからこそ、私の魅力をより強く理解してもらえるいい機会ですらある」

「むむむ……」

逆境を味わってそれでも立ち上がる真唯の目に、光が宿る。

そうだ、真唯はずっと諦めの悪い女だった。わたしがどんなに言っても懲りず、迫ってきた。

その前向きさが、なによりも真唯の長所なんだ。

つい一分前に人生の完成を迎えたばかりとは思えない顔で、紗月さんがうなる。

「まあ……そうね」

紗月さんは自らの髪を撫でる。とりあえず真唯に敗北感を与えてひとまずは満足したみたいだけど、そこから先を考えてはいないようだった。

最近わかってきた。紗月さんもなかなかに軽率な女だということが……。

そして、その停滞こそが真唯にとって、付け入る隙に他ならなかった。

「ならば紗月……私と勝負をしないか？」

「勝負ですって？」

「ああ、単純な話だ。私とれな子はまだ親友か恋人かを選びかねている状態だ。私という禍根を残したままでは、君も心地よくれな子と付き合うわけにはいくまい？」

紗月さんが露骨に嫌そうな顔をした。

「それは、その通りだけれど。私もちょっかいを出してくるあなたから甘織との関係を守るために、余分な防衛費のようなリソースを注がざるを得ない状況になるのは、かなり嫌だわ」

ぜんぜん愛がない！　いや、あっても困るけど！

「……でも、あなたが自分から言いだすなんて、気持ち悪いわ。どうせ負けるつもりはないんでしょう」

「もちろんだ。私が勝ったら、れな子は返してもらう」

返してもらうって、わたしはもともと真唯のものじゃないからね！

「彼女は私と結婚し、幸せな家庭を築くのだ。子どもは何人作ってくれても構わないよ、れな子。交代で産もう」

「誰との子だよ！」

我慢できず、いよいよ声が出た。

ていうか、このまま話に参加せずにいたら、あれよあれよという間にわたしが大変なことになる予感があった。ていうか、予感しかなかった。

真唯も紗月さんもあまりにも強い女で、そんなふたりが言い争っている場は台風の真っ只中のようだ。きっつい。

立っているのもやっと。口を挟むなんて、空気を読むキャラじゃぜったいにムリ。

でも、そんな甘えたことを言ってるような場合ではない。だって！　今自分の身を守れるのは、自分だけだから！

「そう」

わたしのカッカと燃える気持ちに冷や水を浴びせるような声で、紗月さんは少し眉根を寄せた後、口を開いた。

「じゃあ私が勝ったら、甘織の人生はもらうわ」

「人生!?　高校一年生の時点でわたしの人生もらわれるの!?」

紗月さんはわたしの話をまったく聞いておらず、真唯に視線を据えている。

「そうね、あなたのすぐ隣で、ずっと私たちは仲睦（むつ）まじく幸せに過ごすわ。手を繋（つな）いだり、人前なのにキスをしたり、その……そこから先も、したり、するわ」

「おかしいでしょ!?」

必死に叫ぶ。必死だった。

「いいじゃないか。れな子を賭けて、勝負といこう」

「ええ、決着をつけてあげるわ」

真唯と紗月さんの視線がぶつかって、火花を散らす。

こいつら、こいつら……！

もしわたしがもっとオトメな思考回路をしていて、学園のスパダリとそのライバルに取り合いをされている状況に心ときめいていたら、受け取り方はぜんぜん違っていたのだろう。

ふたりは一般人にとっては完全に高嶺（たかね）の花で、真唯は大金持ちの芸能人。紗月さんだって、おうちこそ貧乏かもしれないけど、頭がよくて努力家だ。将来性は抜群に違いない。

どっち と付き合ったたって、未来は安泰。

真唯は言うまでもなくわたしをいっぱい愛してくれるだろうし、紗月さんはその生真面目さから奥さんとしての務めを完璧に全うすると思う。女同士の不安なんて一切なく、順風満帆な人生が送れるだろう。

わたしだってね、『わたしのために争わないで！』って、悲劇のヒロインみたいに叫びたいよ。こんなに愛されちゃって、困っちゃうなあ、って照れ笑いを浮かべたい。

だけどね、ムリ、ぜ～～ったいにムリ！

そりゃ幸せだよ。幸せ。

だけどその幸せって、不登校気味でおうちに引きこもってゲームやるような幸せだよ。思考停止して誰かの幸せに身を委ねるぐらいなら、最初から高校デビューなんて大それた夢に手を伸ばしたりしなかったし！

「待ってよ、ふたりとも！」

わたしは満員電車に乗り込むみたいに、ふたりの視線の間に体をねじ込んだ。

「れな子」

「なによ、甘織。今、大事な話をしているのよ」

「わたしの人生設計だからね⁉　重々承知どころか、億億承知ですけど！」

その冷たい視線に怯まないように気を張って、叫ぶ。

「ていうか、どっちが勝ってもわたしの自由がないんだけど！　だいたい、ず～～っと言っているよね!?　わたし、恋人なんてムリって！　わたしがほしいのは友達なの！」

「けれども、れな子。君が不安がっているのは、恋人とは破談になることによって人間関係が失われてしまうことだろう？　私はれな子と生涯添い遂げる覚悟だぞ」

「じゃあ私もそれ」

「紗月さんは軽すぎる！　ええい！　だとしても、こんないきなりでムリヤリだなんて、ぜったいヤだから！　恋人を選ぶときだって、わたしの人生の舵取りはわたしがするの！」

もちろん実際は、まだまだ恋人を作るなんて勇気ないし、うまくできるとも思えない。なんだったら、こんなわたしのことを好きになってくれる人は、れな子の人生においてもう二度と現れないのかもしれない、という恐怖もある。ぜんぜんある。

だけど、いいじゃん！　可能性は可能性として残しておいたって！

「だから！」

わたしは大の字を描くようにふたりに両手の手のひらを突きつけて、叫んだ。

「わたしもや、や、やる！　その勝負、参加するから！」

さすがにふたりも、驚いた様子だった。

「なんだって」「なんですって?」

くっそ、こいつら、人を景品みたいに扱いやがって……!

身勝手な女たちに、わたしの陰キャ魂がどんどんと燃え上がる。人付き合いが苦手でも、ビビりで臆病でも、怒りのパワーに突き動かされればこれぐらいはできるんだぞ。

「いいでしょ!? 関係ないだなんて、さすがに言わせないよ!?」

真唯と紗月さんを交互ににらみつける。

「れな子も参戦してくるとは、予想外だったが」

「もちろん、異論はないけれど……」

真唯が「ふむ」と顎に手を当てる。

「ならちょうどいい。来週の期末テストで決着をつけようじゃないか」

「望むところよ。今度こそあなたをねじ伏せてあげるわ」

「まって!」

あまりにも悲痛な叫び声が漏れた。

紗月さんだけが、静かに微笑んでいる。

「早速、あなたの努力の成果を見せるときが来たわね、甘織。伏線回収よ。対戦者も、相手にとって不足はないでしょう? がんばってちょうだいね」

「新米冒険者を魔王城に送り込むんじゃない! あんたたち、学年一位と二位だろ!?」

そもそも、わたしに勉強を教えているのは、紗月さんだ。師匠ポジだ。だったら、わたしの出来ぐらい把握しているでしょ!?

「しかし、れな子は私が夢中になるほどの女性だ。だとすれば、君のポテンシャルは相当なものに違いない。その気になれば、私を超えることだってできるはずだ」

なぜか嬉しそうにドヤる真唯に、己の恥をぶちまけることだっていとわない。

「現状、平均点下回っていますけどね!?」

叫びすぎて、明日ノドが嗄れてそうだ……。

でも、ここで遠慮しちゃってたら、そもそもわたしに明日がやってこないから！

「ねえ、だったら内容はわたしに決めさせてよ！　わたしの人生が懸かってるんだから、そのぐらいの権利はあるでしょ!?」

我ながらかなり正当性のある発言だと思ったんだけど。

「いや、しかし」

真っ先に真唯が声をあげてきた。

えっ、なになに……いったい……。

わたしは今、完全に勢いだけで喋っているので、待ったをかけられてしまうと弱い。屋上から放たれた紙飛行機には、動力なんてものは存在していないから……！

真唯は目をそらし、ぽっと頬を染めた。

「もし君が勝った場合、私の人生を君に捧げよと言うのなら、抱えるリスクは同程度になってしまうのだな、と……」

「それだけは言わないから安心して！」

「ならやはり紗月を!?」

「違う！」

わたしが勝ったらなにを望むかなんて、決まっている。

きょう、ここに来たのはなんのためか。この場をセッティングしてくれたのは、誰か。

そう、すべては穏やかでストレスのない学園生活のために。

そして、わたしを信じて委ねてくれた紫陽花さんの期待に応えるために！

「わたしが勝ったら、ふたりとは現状維持、これからも同じグループの仲間のまま！　そして、ふたりはちゃんと仲直りをすること！」


その言葉に、真唯と紗月さんは顔を見合わせる。

どちらも『むむむ』と眉をひそめていた。さすがに嫌そうだった。

けど、それぐらいいやんなよ！　こちとら人生が懸かっているんだからね!?

先に納得したのは紗月さんだった。

「まあ、いいでしょう。少なくとも、話がわかりやすくていいわ」

紗月さんにとっては、真唯に完全勝利する可能性が三分の一ある時点で、分の悪い賭けではないんだと思う。仮にわたしが勝ったとしても、もともとやるつもりだったことを実行するだけだし。

一方、紗月さんが了承したのを見て、真唯もうなずいた。

「いいじゃないか。それで、いったいなんの種目で勝負をするんだい？」

そんなの、決まってる。

わたしはスマホを操作し、その画像を表示させた。

ふたりに、見せつける。

画面を覗き込んできたふたりに向かって、意気揚々と叫ぶ。

「ＦＰＳ！　ファーストパーソン・シューティングゲームで、勝負だよ！」

期限は、一学期の最終日手前。ようするに来週末。

準備期間は七日間だけど、週明けの月曜から水曜日までテストがあるため、実際はもっと短い。ふたりに練習時間を与えたくなかったのだ。

「セコすぎるわ」

「嫌ならいいんですけど!?　不戦敗という形でもわたしは！」

わたしはわたしがいちばん勝てる可能性の高いものを選んだだけだし！

「どうですか⁉」

意思確認に対し、真唯は当然のように微笑む。

「私は構わないよ」

余裕綽々の笑顔であった。自分なら一週間もあれば、わたしを倒せると確信しているようだ。ふふふ、術中にハマったね、王塚真唯……。

かたや、紗月さんは困った顔をしていた。

「これ、ゲームなんでしょう？　私、持っていないのだけれど」

確かにその問題はある。ＰＳ４だし、ただ対戦するためだけに本体を買ってもらうわけにはいかないし……。

すると、真唯が手をあげた。

「ああ、なら私がひとつ余っているから、それを貸そうじゃないか」

「え、なんでふたつあるの？」

「以前に格闘ゲームの練習をしようと思って、買ったんだ。お手伝いさんに練習に手伝ってもらうつもりだったんだが、まさか一台で対戦ができるとは思わなくてね」

な、なるほど。そう考える人もいるのか……。

「じゃあ、ありがたくもらうわ」

「うん、あとでテレビも届けさせよう」

どうやら本気らしいふたりを前にして、頬に一筋の汗が流れ落ちる。

いや、いやいや……。大丈夫、大丈夫のはずだ。

いくらこの才女どもが相手でも、わたしは負けないよ。ぜったいに負けない。別に意地で言い張っているわけじゃない。わたしにはちゃんとした勝算があるんだ。

なんたって、自分がいちばん得意なものを選んだんだから！

「わたしが勝ったら、ちゃんと仲直りしてよね！　真唯、紗月さん！」

「もちろんだ。代わりに私が勝ったら」

「う、うん……。いや、いい！　あえて言わなくても！　ちゃんとわかってるし！」

「ゲームはやったことないけれど……まあ、なんとかなるでしょう」

紗月さんは早速タイトルを検索し、スマホで攻略ページを読んでいた。やったことない人間の行動じゃないんだよな！　最短距離を走り抜ける女！

自信がありつつも、ふたりの底知れなさにビビりつつ……

こうして、わたしたちの聖戦が幕を開けた。

文字通り、人生を懸けた戦いが！

帰り道、送られるリムジンの中で紫陽花さんからのメッセージが届いた。

『仲直り、どうだった？』

わたしはしばらく迷った後、返事を送る。

『ごめん、詳しくは言えないけど戦争することに、なった……』

『そこまで悪化することあるの!?』

＊＊＊

「とまあ、こういうことでして……」

『ええと……れなちゃんがゲームで勝ったら、真唯ちゃんと紗月ちゃんは仲直りしてくれるってこと、だよね？』

「うん」

翌日の土曜日。わたしは自室で、昼間っから紫陽花さんとお電話の最中だった。

スマホにワイヤレスのヘッドフォンを接続して、両手はコントローラーを握っている。

先日の料亭での会談後、わたしはふたりが練習を始める前に、レギュレーション（マップとか、使用武器の制限とか、対戦方法とか諸々（もろもろ）のルール）を決めて、送っておいた。これに関してはあくまでもフェアに、ゲーム中ではいちばんスタンダードな形式にしておいた。

というわけで、改めてわたしはマップを隅々まで把握するために、トレーニングモードを繰り返しているのだった。

ちなみに二度目のお電話は、前回ほどの息苦しさは感じていなかった。ゲームで気を紛らわしているからっていうのもあるし、あとはあれ。真唯と紗月さんの話し合いがどうなったかを、紫陽花さんに報告するっていう明確な目的があるからだ。わたしだって目的があれば電話はできるんすよ、へへへ……。

うまく仲直りさせることができなかったので、これはこれで気まずさはあるんだけどね！

わたしの言葉を聞いて、紫陽花さんは当然の疑問を尋ねてきた。

『じゃあ、真唯ちゃんか紗月ちゃんが勝ったら？』

「うぐ」

言葉に詰まる。

わたし、あのふたりのどちらかと結婚しないといけないいんですよー、って。

もしそう言ったら、紫陽花さんはどんな反応をするんだろう……。

わたしは脳内紫陽花さんに語りかけてみた。

れな子：いやー結婚しなきゃいけないいんすよー。

紫陽花：へー、そうなんだ。たいへんだねー。

リアクションが薄すぎて悲しくなってしまった…………。

いやいや、違う違う。こんなはずない！

確かにね、紫陽花さんはわたしにはまったくなんにも興味ないとしても、真唯と紗月さんの結婚話には食いつくはずだ。

やり直し！

れな子：実は……あのふたりから、結婚してって言われててさあ。
紫陽花：えっ、真唯ちゃんと紗月ちゃんに!?　すごい、ふたりともすっごく美人なのに、よかったね、れなちゃん！　どんなコミュニティに入っても、中の下までしか到達できないれなちゃんをもらってくれる人がいるなんて、奇跡だよ！

「だっしゃあ！」

『えっ、なに、急に!?』

「いや、ごめん、空想の紫陽花さんにひどいことを言われて、つい……」

『空想の私!?　なにそれ、そういうことよくあるの!?』

『割と……？』

『あるの⁉　なんでー⁉』

かつて冷徹な紫陽花さんのイメージは払拭できたわたしだけど、でも今は明るいままの紫陽花さんが毒を吐いてくるから……。むしろ攻撃力があがっている気がする……。

ていうか、そうだよね。

真唯も紗月さんも（実際はともかく）はたから見れば、恋人として超一流。

わたしのこれって、自虐風自慢になっちゃったりするのか……？

うう、やっぱり言えない……。

「ふ、ふたりが勝ったら、そうだね……はは、なにか罰ゲームかもね……」

『えぇー？　じゃあ、ぜったい勝たなきゃだね！』

「うん……勝たなきゃ、ぜったい、命を賭して勝たなきゃ……」

『れなちゃん、そこまでしてあのふたりを仲直りさせようと……。やっぱり、れなちゃんはすごいね……とっても、すごいなあ』

罪悪感を司る天使の訪れを感じる。

「あの、それで、ええと……きょうはどうしよっか？」

こないだ結局遊べなかったから、という意味で聞いてみるとだ。

『あっ、うん。このあと、チビを公園に連れてかなきゃいけなくて。れなちゃんごめんね』

「ああいやいや、そんな、滅相も」

紫陽花さんに頭を下げられるなんて、恐縮しかない。母なる地球の恵みを独占できないように、紫陽花さんの存在の恩恵をわたしひとりが与るわけにはいかないのだ。

『でも、でも』

まるで甘えるように、電話向こうの紫陽花さんがささやいてくる。

『まだちょっと、お時間はあるから……もうちょっとだけ、おしゃべりしたいなあ、って』

「えっ、あっ、はっ、はい、え、えへへ……そうですね、へへ……」

危ない。あんまりにもかわいらしいそのお声に、すごい気持ち悪い笑顔が浮かんで慌てて口元を手で隠す。電話向こうの紫陽花さんには見えないとしても！

「それじゃあ、ええと……な、なにをお話しいたしましょうかね……？　あっ、さ、最近暑いですね」

『そうだねー、もうすぐ夏休みだもんねえ』

初手に天気の話題を出したクソコミュ障のわたしにも、紫陽花さんはニコニコと話を聞いてくれた。これが、人間の遊びに付き合ってくれる天使……？

なんかこれ、一対一の会話トレーニングみたいだ。相手がどんな話題でもわたしの手元に打ち返してくれる紫陽花さんだから、超絶イージーモードだけど！

そのとき、「おねえちゃーん！」という声が聞こえてきた。妹だ。わたしは無視した。当然だった。

「紫陽花さんは、夏休み、どこか行くの？」

『どうかなあ。いろいろと、遊びにはお出かけしたいけど、あんまり遠出はしないかなあ』

やっぱり、弟さんたちの面倒を見るのが大変なんだろうなあ。

また「おねえちゃんー！」という声が響いてきた。スルーする。なぜ天使と話している最中に、下々のものに目を向けなければならないのか。

『だから代わりに、うちに遊びに来てくれるんだよね？　れなちゃん』

「そ、そりゃもちろんっ。いっぱいゲームもっていくからね！」

『わあ、嬉しいな。じゃあ私は、チーズケーキ焼いておくね。れなちゃん、ケーキ好き？』

「えっ!?　す、好きぃ……」

紫陽花さんの手作りケーキとか、そんなのごちそうになっちゃったらもう、『人生の優勝者』じゃん……。

そのとき、部屋のドアがバーンと開いた。

「おねえちゃん！」

「ちょっ。今、紫陽花さんといいところなのに！」

「あらそう。だったら、私を優先してもらえないかしら。だって私たち、恋人でしょう？」

月の国の王女みたいな紗月さんが、そこには立っていた。

「え!?」

『れなちゃん!? 今、恋人って聞こえたんだけど!? れなちゃん!? れなちゃんー!?』

「あっ」

電話を奪われ、勝手に通話を切られた……。ひ、ひどい……。

「なぜ、紗月さんがここに……」

「連絡しても、電話に出なかったから。住所は花取さんに聞いたわ」

どさり、と紗月さんは重そうなボストンバッグをその場に下ろす。私服の紗月さんだ。丈が長いけれど生地の薄いワンピースを着て、きょうは黒髪を軽く編んでいる。

学校での貴婦人のような印象と違って、きょうの紗月さんは夏のお嬢さん風に涼しげだ。だけど、キャラに合わないなんてことはまったくなく、紗月さんの色白で物静かな美人さが際立っていた。

「おねえちゃん」

隣に立っていた妹が、人間のクズを見るような目で見下ろしてくる。

「『コイビト』の紗月先輩のこと、どうして無視してたの?」

「えっ!? い、いや……紫陽花さんと、電話してたから……?」

ていうか紗月さんじゃなくて妹のことをスルーしてたんだけど……。

妹は、わたしの言葉に舌打ちをした。舌打ちを!?

「っ……お姉ちゃん、もうちょっとまっとうに生きたほうがいいと思うよ」

そう吐き捨てて、妹はバタンと勢いよくドアを閉めて出ていった。あんまりに大きな音だったので、軽く飛び上がってしまった。

「……なに、ケンカ中？」

「いやあ、どうでしょう……はは……」

やばい。妹からの評価がさらに下がっていった音が聞こえた……。すべてが終わったら、ちゃんと誤解を解かないと……。

「うう、紫陽花さんからのメッセージが次から次へと……」

とりあえず、遊びに来た紗月さんが冗談を言って、という文面を送っておく……。大切な人に、ウソを塗り固めてゆく人生……。わたしはなんのために生きているのか……。

「ずいぶんと余裕ね」

「え？」

わたしは顔をあげた。

「て、ていうか、紗月さんはなにゆえ我が家に」

「いろいろと、聞きたかったから」

紗月さんはボストンバッグのファスナーを開く。すると、中から出てきたのは、モニターとＰＳ４だった。ええっ？　家から持ってきたの？

「練習させてもらいたいんだけど、構わないかしら」

「は、はい」

セッティングを始める紗月さんを、ぼやーっと眺める。わたしの部屋に紗月さんがいるという事実に、まだ頭がついていけてない。

「あ、紗月さん、そのケーブルは後ろで」

「……」

「わ、わたしがやるよ」

もたつく紗月さんに代わって、わたしがHDMIケーブルを受け取る。ちらっと振り返った紗月さんは、手持ち無沙汰(ぶさた)に部屋の中を見回してた。

「あなたの部屋、きれいね」

「えっ？　そ、そうですか？」

まあ、お母さんが掃除してくれているから……。

「ふうん、ここで真唯に襲われたの？」

「ぶっ」

思わず吹き出してしまった。

「さ、紗月さん、そういうデリケートな話題は、慎重に取り扱っていただきたい……！」

「もうぜんぶ知られているのに、今さらなによ。そもそも、私が被害を被(こうむ)ったきっかけみたいなものでしょ」

「確かにそうですけど……」

紗月さんがわたしのベッドに腰掛けて、長い足を組む。ここからだとアレなものまで見えてしまいそうになって、慌てて顔をそむける。

「じゅ、準備できました」

「ええ、ありがとうね」

紗月さんがちょっとずつこちらに寄ってくる。なんだかその光景が、真唯に迫られたときとかぶってしまい、思わず顔が熱くなる。

当然だけど、紗月さんはわたしの横を通り越して、コントローラーを手に取った。当たり前だよね！　そのために来たんだし！

「なに？　どうかしたの？」

「い、いえ……」

「私が真唯みたいに、あなたを襲うと思った？」

「いえ！」

すると、紗月さんがコントローラーを置いた。

くすっと笑いながら前屈み(まえかが)になって、わたしに迫ってくる。なぜ!?

「確かに、考えていなかったけれど、別に真面目に勝負する必要はなかったわね。今ここで、仲直りさせることよりも、私と付き合うことのほうが大事、とあなたに思わせてしまえば」

「えっ、ちょっ!?」

「……甘織」

紗月さんの手が、さわ……とわたしの頬に触れる。触れられたところが、ピンクに色づいた気がした。

「や、こんな、だめですって」

「ほら、力を抜きなさい」

髪を耳にかけた紗月さんの顔が、少しずつ迫ってくる。

「ちょっ、まっ……まっ、だめ、だめーっ！」

これだけビビり倒しておいてなんだけど、思いっきり目をつむってしまったわたしに対して紗月さんは、いつものように『冗談よ』と口にして、身を引くんだろうっていう予感があって。

だから、唇にふわりとした優しく湿った感触が伝わってきたときには、死ぬほど驚いた。

目を見開く。紗月さんはすぐ目の前で物思いにふけるように、唇に指を当てている。

その仕草があんまりにもきれいなもので、わたしはしばらく言葉を失っていた。

「な、な、な……」

わなわなと震えながら、わたしは口元を押さえた。

「しょ、証拠写真をさらに、もう一枚……!?　今度は誰を脅す気なんですか!?　紫陽花さん!?　香穂ちゃん!?　そ、それとも……妹!?」

「うるさいわね。しないわよ、そんなこと」

不機嫌そうに眉を寄せながらも、まるで頬紅を塗ったように、紗月さんが顔を赤くする。

「確かめたいことが、あっただけ」

「な、なんですかそれぇ……」

くたり、と四肢から力が抜けてしまった。わたしは足を崩して、紗月さんを見上げる。

「何事も中途半端は嫌いだから、最初によく考えてみたの。あなたのこと」

「わ、わたし？」

「ええ、話の流れであなたの人生をもらうことになったでしょう」

「あ、うん……」

「冷静に考えてみれば、これから何十年も生きるのに、その伴侶にあなたを選ぶのはあまりにも軽率だったかしらって思って」

「冷静に考えなくてもわかるよねそれ!?」

「真唯への対抗心で、あまりにも周りが見えていなかったわ。と、ひとりで反省したのだけど、問題はそこからよ」

「うっ」

紗月さんがぎゅっとわたしの手を握る。生地の手触りを確かめるように、中指ですすすと撫でられる。

「私が、あなたのことをどう思っているのか、それを知りたかったの」

「そ、それは……」

じっと見つめられ、わたしは情けないほどに動揺してしまっていた。

わたしは紗月さんのことを、友達になれたらいいな、って思っている。ここ最近では、紗月さんのことをいろいろと知られて楽しかったし、本当は優しい人だってわかってる。

だから、そこから進展したいか？　と聞かれたら、わたしは……。

わたしを非日常の世界に連れていってくれる真唯とは違って、紗月さんは地に足のついた人だ。仮に恋人になったとしても、今の生活とあまり大きな違いはないと思う。

学校でお話をして、帰ってきて勉強を教えてもらって、紗月さんのバイト終わりを待って家に泊まりに行ったりして、そして、そして……。

ときどき、誰も見たことがない紗月さんの、すっごくかわいい顔を、見せてもらったりして。

想像して、わたしの頭はぼんっと爆発しそうになった。

「い、いやいや！　ムリムリ！　ムリムリムリのムリ！」

「まだなにも言っていないのだけれど……。あなた、相変わらずいやらしいわね」

「ご、誤解です！　それは、その、かなり誤解！　だいたい、紗月さんがいきなりキスしてきたくせに！　いやらしいのはそっち！」

「あなた、私のことを好きなの？」

「す、好きっていうか……」

真唯に限らずだけど。

わたしの周りには、きれいで、かわいくて、頭がよくて、話が上手で、人間的な魅力のある女の子があまりにも多いから。恋愛的な好きじゃないとしても、好きになってしまうのは当たり前なのだ。友達的な意味でね！

「だいたい、紗月さんこそ、わたしのことどう思ってるんですかー！」

弾かれたように叫んでから、はっとする。

やば。

もしここで紗月さんが『好きよ』だなんて言ってきて、襲いかかってきたらわたしはどうするのか。真唯のときの二の舞じゃないか。今の言葉は、もっと慎重に聞かなければならなかったのに、わたしはまた同じ過ちを繰り返してしまう！

うわー、と両手を前に突き出して、なるべく紗月さんを見ないように顔をそむけていると、紗月さんが口を開く。

「わからないわ」

「えっ……えっ？」

紗月さんは、自らの髪をもてあそびながら。

「あなたのことをどう思っているのか、正直、よくわからないの。仕方ないじゃない。だって、あなたみたいな人とこんなに長い時間一緒にいるのは、初めてなんだから」

「あなたみたいな人」

「……詳しく話すと、少なからずあなたを傷つけてしまうかもしれないのだけど、聞きたい？」

「大丈夫です……」

「……だから、まあ」

紗月さんは言いづらそうに、口ごもる。

「おかしな人よ、あなたは」

なんてこったい……。改めてお前は普通じゃないって烙印を押された……。

量産型女子になるため、あんなに努力してきたのに……。

「そ、そんなことないですし……きわめてふつーですし……」

わたしのささいな抵抗も、ポキっとへし折られる。

「普通は、私と二週間の恋人契約を結んだりしないわよ。しかも、私と真唯を仲直りさせないと、自分が息苦しくて死んじゃうからだなんて。生きるために血眼すぎるでしょう」

「きゅう」

ぐうの音も出なかった。

だけど、紗月さんはなぜだか楽しそうで。

「本当に無謀で、向こう見ず。だけれど……私は、嫌いじゃないわね」

「……紗月さん？」

「だって、無謀なのは私も一緒だもの。このゲーム、ほんとに難しくて」

　紗月さんはコントローラーを手に、笑った。

「真唯を倒すために、協力してほしいの。どうすれば上手になれるか、教えてくれない？　もちろん、あなたも対戦相手だってわかっているけれど、お願い」

「う、うん」

　そこで、なんでうなずいちゃったのか。

　紗月さんだってわたしの対戦相手なのに。敵に塩を送るなんてそんな余裕はわたしにはないはずだったのに。

　いろんな要因は考えられるけど、でも、いちばんは真唯を倒すと決めた仲間だから……というわけじゃなくて、もっと単純で。

　わたしの部屋で、紗月さんが隣にいて、一、緒にゲ、ー、ムをし、て、く、れ、る。その環境が、わたしにとってはあんまりにも嬉しかったからだ。

　ただし――。

「紗月さん、撃たれてる、撃たれてる！」

「え、なにこれ、死んだの？」

「なんで銃もっているのに、わざわざ殴りかかった⁉」

「だって当たらないんだもの」

「マップ見て、マップ！　ほら、敵そっちから来るから！　見て！　右上の！　マップ！」

「ああ、これ？　見方がわからないから、今までずっと無視してたわ」

先はめちゃくちゃ遠そうであった！


と、テレビとＰＳ４を二台並べ、わたしが普段の四倍ぐらい大きな声を出して、日も落ちてきた頃。

紗月さんはまたとんでもないことを言いだした。

「きょうは、泊まっていくわね」と。

ボストンバッグにはちゃんと、着替えやらお泊まりセットやらが入っていたのだった。

急な申し出だったし、わたしは『いやさすがに』と難色を示した。

だけど。

「……家でひとりゲームしていても、どうすればうまくなれるのかわからなくて。アルバイトがない夜は、きょうぐらいなのよ。だから、この機会にもう少し上手になりたいの。……やっぱり、だめかしら……？」

なんて、借りてきた猫みたいにおしとやかな態度を見せられてしまうと、困る……！

もちろんその分、自分の練習時間が減っちゃうわけだけど……わたしには断れなかった。

だってさ、友達（未満）が家に遊びに来て、夜ふかししながらふたりでゲームとか。

そんなの最高に青春の一ページじゃん！

「うー、わかった……。とりあえず、お母さんに聞いてみるね」

「ええ、ありがとう。私もご挨拶したほうがいいかしら？」

「と、とりあえずはここにいて」

わたしは紗月さんを部屋に残したまま、お母さんのところに向かう。

今の時間は、台所で夕食の準備をしていた。

「あのー、お母さん」

「はーい？」

もじもじしながら、お願いする。

「友達（未満）が、泊まっていってもいい？　って言ってて、ど、どうかな」

なんかこういうの聞くの、ちょっと恥ずかしいな……。

するると、カランという音が響いた。顔をあげる。お母さんが手にもっていたお米の計量カップを落とした音だった。

「え、えっ……？　な、なに？」

「れな子ちゃん……」

両肩に手を置かれる。そのまま、ぎゅっと抱かれた。

え、えええ……!?

「なに、なにこれ!?　なに!?」

「もちろん、いいに決まってるじゃない……。一週間でも、二週間でも泊まっていきなさい……。れな子のお友達、なんでしょう？」

「う、うん」

友達ではないんだけど……と正確に告げると、泣かれてしまいそうな雰囲気を感じて、わたしはコクコクコクとうなずく。

お母さんは感極まったように、計量カップを拾って、天井を仰いでいる。

「はあ、れな子のお友達にお夕食を作るなんて、小学五年生の8月27日以来よねえ……」

「なんで覚えてるの!?　こわっ！」

叫んだのは、恥ずかしさの裏返しだ。

だって、中学三年間は泊まりに来るどころか、友達が家に遊びに来たことすらなかったのだから。そもそも真唯が自室に入った友達第一号だったし！

しかしこんなに喜ばれるとは……。お母さんには、真唯が遊びに来たのも見られたはずだけど、でも、真唯はなんかこう、ノーカンな雰囲気あるもんな。わたしだって自分の息子が『友達だよ』って言って米津玄師（よねづけんし）さんを連れてきても、『とも、だち……？』ってなるし。

「じゃ、じゃあよろしくね！」

「うんうん、任せて、また遊びに来たくなるように、お母さんもがんばるね」

「余計なことはしなくていーの！」

こうして、やけに豪華になった晩ごはんを、紗月さんも一緒に食べることになった。

紗月さんはそれこそ、アルバイト先で見たようなあまりにも完璧な社交性を発揮し、父や母からの信頼度を荒稼ぎしていた。

真唯もだったけど、こういうところほんとすごい……。ただただ尊敬しちゃう……。

でも、まあ。

「ごちそうさま！」

ただ、妹だけさっさとご飯を食べて、部屋に帰っていったのだった。うう、気まず……。

「お風呂、いただいたわ。ありがとう」

「はーい」

バスタオルまで家から持ってきた紗月さんが、髪にタオルを巻きながらわたしの部屋に戻ってくる。紗月さんのパジャマは以前見たものと一緒のシンプルなシャツとショートパンツで、普段はスカートに隠されている生足が惜しげもなく披露されていた。白い……長い……。

紗月さんはスキンケアもほどほどに、またコントローラーを手に取った。

無言でゲームを起動し、すっかり定位置になったテレビ前に座る。

「ええと……じゃあわたしもお風呂入ってくるね」

「いってらっしゃい」

紗月さんは昼間から、それこそトイレとお風呂、ご飯の時間以外はずっとディスプレイを見つめている。

今はわたしの指示で、難易度の低いＣＰＵ戦をプレイしていた。ゲームそのものに慣れるためと、一試合の流れを覚えるため。それになによりも、勝ち癖をつけるためだ。

最初から対人戦ばっかりやると、ゲームを始めたばかりの超初心者の場合、どうやって勝てばいいかがわからなくなる。それよりは負荷の低い環境で、まずは試合の流れを掴むほうが先決だ。手に馴染む武器も、次第に見つかっていくだろう。

「…………」

紗月さんはクッションを抱きながら体育座りして、黙々とゲームをプレイしている。

そのひたむきな姿に、胸がキュンと鳴る。

って、なんだ今の!?

わからない。着替えを持って、慌てて部屋を出た。

お風呂場に駆け込んで、一息つく。

軽く体を洗って、浴槽に浸かろうとした瞬間、邪念がわたしの脳天に刺さった。

………紗月さんの入った後のお風呂、か。

いやいやいや、なんだったらこないだ一緒にお風呂入ったし！　だからなんだってんだ！

ざぶんと飛び込み、その温かさに浮足立った心を溶かす。

「紗月さんなあ……」

本気でがんばっている。それは、もちろんわかる。

でも……。

「一週間じゃ、どう考えても勝てないよなあ……」

紗月さんがゲーム下手（べた）というわけじゃない。むしろ、とても効率的に練習できているし、集中力もある。わたしなんかより、よっぽど要領がいい。アルバイトも、物覚えが早かったって言われてたし。

ただ、どんなゲームでも、始めてすぐ上手にできる人なんていない。ＦＰＳもそうだ。

足し算を学んで、引き算を学んで、九九を覚えて、方程式を勉強して、積み重ねていった先に微分積分をマスターするみたいに。

「少なくとも一ヶ月……いや、三週間もあれば、いけるかもだけど……」

そう考えて、さらに首を振る。

なに言ってんだわたし！　負けたら人生を紗月さんに捧げることになっちゃうんだぞ!?

そうだ。ちょっと紗月さんががんばってる姿を見たからって、ほだされてどうするんだ。心を鬼にしないと。わたしはわたしの人生を勝ち取るために。

少なくとも、わたしは聞かれた質問にはちゃんと答えてるし、ウソだって教えていない。ちゃんとフェアにやっている。それでじゅうぶん。それ以上は、なんかこう、だめだ！　勝負の世界は厳しいんだ！

「うう」

お風呂の中で、罪悪感に襲われて悶える。ここ最近、メンヘラのカノジョか？　ってぐらいずっと罪悪感ちゃんにつきまとわれている……

すると、ドアの向こうから声がした。

「お姉ちゃん」

妹だ！

なにか話があって押しかけてきたのだろう。

まさか紗月さんと離れてひとりになったところを見計らって、お風呂場にまでやってくるとは……闇討ちの発想じゃん……！　逃げ場がない！

「ごめんね」

「……えっ？」

急に謝られて焦る。しかも、声のトーンがやけに低い。わたしのとっておきのハーゲンダッツを間違えて食べたときよりも、マジな感じだ。

「あのね、さっき紗月先輩が来て、ちょっとお話ししたんだ」

「え、えっ……紗月さんと？」

お風呂からあがった後かな。でも、なんの話を。

「余計なお世話かもだけど、あなたたち、どうしてケンカしているの？　って聞かれてさ」

「ん、んん……」

まさかわたしの不貞が原因です、とは言えないだろう……！

いや、言ったのかもしれないけど！　言ったのか？　妹！

思い悩んでいると、妹が続ける。

「あのね、その流れで聞いちゃったんだ。お姉ちゃん、ほんとは紗月先輩の目的に付き合ってくれているだけだって。自分が迂闊（うかつ）なことを言ったせいで、勘違いさせちゃって申し訳なかった。人がいいだけで、お姉ちゃんは別に悪くないんだよって」

「いや、それは」

紗月さん、そんなこと言ったんだ。

「それは、そうだけど……」

「お姉ちゃんがほんとに好きなのは真唯先輩だからって」

「それはそうじゃないけど！」

「だから、あたしのほうこそ勝手に勘違いして、ごめんなさい」

「いや、まあ……」

妹からこんなちゃんとした謝罪をされると、なんだか恥ずかしい。

「勘違いさせるようなことしてたのは、わたしだし……」

「それはそう」

「こんにゃろう！」

謝ったからこの件はおしまいでーす、とばかりの態度！

「でも、紗月先輩言ってたよ」

「言ってたって？」

「自分もよく母親とケンカするからわかる。同じ家に住んでいる人とギスギスしてると、居心地が悪いだろうから。素直になるのは大変だろうけど、仲直りしてあげて、って」

「……紗月さんが」

妹と険悪になっているからって、首を突っ込んでくれたなんて。

折り戸の向こう側で、妹が笑った気がした。

「高校に入ってからのお姉ちゃん、すごいね。めちゃめちゃいい友達じゃん、紗月先輩」

わたしは妹のその言葉を、何度も耳の奥で繰り返す。

それから、小さくうなずいた。

「……うん」


お風呂をあがり、髪を乾かして、それからしばらく経って消灯時間になった。

てっきり紗月さんは徹夜で練習を続けるのかと思ったんだけど「それより朝早く起きてまた一日やったほうが、効率がいいでしょう」とのこと。間違いないです。己を完璧にコントロールしている。

「そもそも私、睡眠時間が足りなくなると、頭働かなくなっちゃうのよね」

「そうなんだ」

「真唯は三日三晩寝なくてもフルスロットルで走れる人種だから、いつも夜ふかしに付き合わされて大変な目に遭っていたわ」

「ははは……。心中お察しいたします……」

わたしはベッドで、紗月さんはお客様用のお布団。

シュシュで髪をまとめた紗月さんが横になって、毛布をかぶる。寝る準備は万端のご様子。

「それじゃあ、電気消すね」

「ええ」

リモコンで、明かりを消す。わたしが紗月さんちに泊まったときとは、反対の構図だ。

「……目をつむると、まぶたの裏にゲーム画面が表示されるわね……」

「あはは……わたしもよくそうなる……」

「動いている的に当てるのは、難しいわ」

「次は、自分もちょこちょこ動きながら、動いている的に当てる試練が発生しますね」

「一生できる気がしないわね」

「わたしも昔はそう思っていたなあ……」

暗い部屋に、衣擦れみたいな紗月さんの声がする。

「どうやって、できるようになったの？」

「え？　それは……その、引きこもっていた時期に、毎日めちゃめちゃやっていたので……」

「好きだったのね」

「好きだったというか、まあ好きだったんですけど……。純粋なキラキラした気持ちじゃなくて、どちらかというと負のエネルギーを煮詰めたような攻撃性の発露と言いますか……」

「ストレス解消みたいな？」

「むしろ、こんなわたしだってお前らを撃ち殺せるんだぞ、的な……」

「なにそれ」

わたしの過激な発言に、紗月さんが笑う。

「そういうとこ」

「え、な、なにが？」

紗月さんの口癖だ。

聞いても答えてくれないことばっかりだったけど、今はちゃんと話してくれた。

「人畜無害そうな顔してるくせに、追い詰められたら必死に戦うとこ」

「結局、空気が読めてないいんだと思いますが……」

「今回もそうだったし、前もね。急に突拍子もないことを言いだすんだもの。だけれど、甘織のそういうとこ、嫌いじゃないわ」

「へ、へへ……」

なんて言っていいかわからず、暗闇にわたしの卑屈な笑い声が漏れる。

これ……紗月さんに、褒めてもらっているって考えていいのかな。少なくとも、なにかひとつでも認めてもらえたことに、なんだかすごく安心した。

「あのね、甘織」

「は、はい、すみません、調子に乗って」

「まだなにも言ってないでしょ……」

呆れ声だ。すぐに調子に乗るんだからわたしは……うぐ。

「……ありがとうね」

「え？　いや、別にぜんぜん。紗月さんにゲームを教えるのぐらい、勉強を教えてもらったお礼ですし……」

といっても、テスト前の大切な土曜日に、一日中ゲームをしているわたしたちだ。

どうせテスト期間中もずっと練習するだろうし……。

テストの点数はきっと、紗月さんに勉強を教えてもらった分と相殺かな……。

「違うわ、そうじゃなくて」

「それ以外に、なにか紗月さんにお礼を言われるようなこと……？」

なんだろう。

「長い人生で、琴紗月と出会ってくれて、ありがとう……的な……」

「時々急に見せるあなたのその自己評価の高さはなんなの。高低差が激しすぎるのだけれど」

違ったらしい。じゃあもうわからない。

わたしはあくびをした。昨日の夜は、大変なことになってしまった……という緊張感で、なかなか寝付けなかったのだ。

「真唯と、勝負させてくれて」

「ひょ……？」

　心の隙間に滑り込むようなその穏やかな声に、わたしは思わずヘンな声をあげてしまった。

　真面目に聞いてなかったのかと怒られてしまうのが怖くて、取り繕う。

「しょ、勝負なら、いつも試験の点数でしているじゃない？」

「あれだって、全力でやっていることは間違いないけれどね。でも、違うのよ。お互いまったくのゼロから、少しも知らない遊びで勝敗を競うなんて、めったになかったわ」

「そうなんですね」

「うん。私が言いだしたことに、真唯が付き合ってくれるとも思えなかったしね。でも今回はさすがにあいつも本気でしょう。どれだけ時間があっても、足りないわ。またこんなことができるなんて、不思議な気分よ」

　ううん、と紗月さんは首を振った。

「不思議な気分……では、ないわね。そうね、これははっきりとわかるわ」

　カーテン越しに漏れる儚い月明かりに照らされて、紗月さんの表情が見て取れる。

　毅然(きぜん)とした同い年の美少女は、あどけない笑みを浮かべた。

「すごく、たのしい」

　真唯と紗月さんの関係を慮(おもんぱか)ると、はっきりと『わかる』とは言えないけど……でも、うん。

　自分が全力でがんばって、それに応えてくれる友達がいるのは、幸せなことだと思う。

「だから、ありがとうね、甘織」

「……ううん」

わたしはほんの少しだけ、後悔した。

こんなことなら、自分がやりこんだゲームじゃなくて、わたしも初めて遊ぶゲームで、ふたりと勝負してみたかった。きっと、そのほうが楽しかったはずだ。

でも、それはかなわなかった。わたしは勝つことを優先してしまったから。

「おやすみなさい。また明日もよろしくね」

「うん……おやすみ」

真唯と紗月さんの関係が、羨ましかった。

あんな風に、相手を心から信頼していることに、年月の積み重ねを感じるから。

……いいなあ、友達。


わたしはやっぱり、紗月さんと友達になりたい。

これから高校生活をそばで楽しむ、『親友』になりたい。

そのために、もし勝負でわざと負けたら？

少なくとも、紗月さんとしばらくは一緒にいられるだろう。

わたしと真唯や紗月さんとの腕の差がはっきりとしていれば、真唯だけを倒して、わたしが紗月さんに負けるのは、そう難しくはないはずだ。

一緒の高校生活を送って、そのうち友達にもなれるかもしれない。

でも、だめだ。

それじゃ、だめだ。

わたしは、紗月さんに幸せになってほしい。

真唯とケンカしたままじゃ、だめだよ、紗月さん。そんなの、ぜったいに寂しいよ。わたしは、寂しかったんだから。

紗月さんは、真唯と仲直りするべきなんだ。


だから、わたしは勝つ。

せめて、なりふり構わず、勝つんだ。

紗月さんにも、真唯にも、ぜったいに負けないから――。


こうして、翌週の金曜日、ついに決戦の時が訪れた。

香穂：は～～～、アーちゃん～～～～!!

紫陽花：どうしたの？

香穂：もうちょっとで、
サーちゃんの日だよ～～

紫陽花：そうだねえ

香穂：れなちん大丈夫かなあ

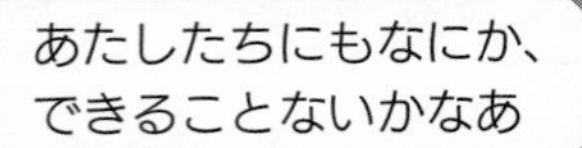
香穂：あたしたちにもなにか、
できることないかなあ

紫陽花：うーん

紫陽花：あ、プレゼント買いにいく、とか？

香穂：それだ!!

香穂：いこいこ!!　今から行く!?

【間章】香穂と紫陽花

紫陽花

もう夜遅いよ!?

香穂

じゃあ土曜日!!

紫陽花

はーい

香穂

アーちゃんとデートだー!!

紫陽花

香穂ちゃんとデートだね

香穂

あじかほ派の爆誕だー!!

紫陽花

あじかほは？

香穂

アジカホハー!!

香穂

こんにちは……みたいな……？

紫陽花

わかんないけど！

＋

第四章　真唯と紗月さんに完全勝利するなんて、ムリムリ（※ムリじゃなかった!?）

「それじゃあ、今回のテストを返すねー」

帰りのホームルーム。担任教師である、広崎美知留先生が『晩ごはんカレーねー』と同じ声色で告げる。

みちる先生は、30ちょい過ぎ、英語科目を担当している。身長が150前後と小さいため、陽キャからは、みっちゃん先生みっちゃん先生と呼ばれている。

噂によると、入学してきた黒船、王塚真唯の担任を誰もやりたがらない中で、みちる先生だけが『あ、じゃあ広崎やりますよ』と手を挙げたらしい。

それがどんな剛の者かというと、みちる先生はめちゃくちゃ普通な人だった。

「じゃあ、甘織ー」

「はい」

「今回、がんばったねー」

「え？　あっ、はい」

芦高は地味に進学校でもあるので、学年順位の書かれているストローの包みみたいな紙も一緒に渡される。席に戻って確認すると……。

成績は、いつもより割とよくなっていた。ていうか、平均以下から、ほぼ平均にまであがってる。直近の一週間は、ゲームの練習ばっかりしていたのに……。紗月さんの『いい目を見せてあげる』がばっちりハマったみたいだ。ちょっと嬉しいな。

眺めて満足したので、ひっそりと机にしまう。うちのグループはみんな、わたしよりはるかに成績上位らしいし、お見苦しいものはお見せしないようにしよ……。

しかし、二週間ぐらいかな？　放課後にテスト対策しただけで、点数ってけっこう変わるものなんだなあ。

これならもしかしたら、毎日勉強を続ければ、三年目には真唯を上回るぐらいの成績を獲得できるのでは……？　血反吐を吐くまで努力をすれば……。

と、そんな夢物語を見たり見なかったりしつつ……。

「えーと、あとなんかあったかな。ああそうだ、明日は終業式だから、授業ありませんよー。間違えないでねー」

わたしは他の席の様子を窺った。

真唯と紗月さんはどっちが勝ったんだろうか。

しかし、いつもはすぐに点数を確認し合うふたりが、きょうはどちらも動いていない。

真唯なんて返してもらった点数に目もくれていないようだ。きっと、この後のことを考えているんだろうな。

ホームルームが終わると、前の席の紫陽花さんが振り返ってきた。

「ね、れなちゃん、きょうだよね」

「うん」

きょうはこのあと、真唯の家に向かうことになっていた。

ゲームで勝負するというのは、紫陽花さんや香穂ちゃんにも前もって伝達済みである。

ま、ね？　確かに昨日まではすごく緊張してたけど、ね？

でも、この後はもうやるだけなんで。自分の実力を出し切るだけなんで。ただ、やってきたことは裏切らないっていうか？　そんな感じのあれなんで、今のわたしは無敵だ。

わたしは自信たっぷりの笑顔を浮かべて、紫陽花さんに宣言する。

「が、がががんばる、がんばるね……大船に乗った気分で……待ってて……かひゅ……」

「れなちゃん!?　口から魂出しそうな笑顔だけど!?」

真唯みたいに言ったつもりだったんだけど、おかしいな……。

ていうか、気づいたら手も震えていた。これはいったい……？　まさか、緊張している？

このわたしが……？　ばかな……。

「うう、紫陽花さん……」

なんだったらもう、おうちに帰って寝たい。おかしいな！　わたし弱ってる！

「大丈夫だよ、れなちん！」

「あいたっ」

やってきた香穂ちゃんにばっしんばっしんと背中を叩かれた。

「もしれなちんが大失敗して、マイマイとサーちゃんが廊下ですれ違えば、たちまち剣を抜くような間柄になったとしても……そのときは、あたしと、それにアーちゃんがいるから！」

力強いウィンクとともに、親指を突き出してくる香穂ちゃん。

うう、ありがてえ、ありがてえ……。

「香穂ちゃん、紫陽花さん……」

「そうそう、もちろん私も、ぜんぶれなちゃんに押しつけたりしないから。だめだったらそのときはまた相談してね。次の手を考えよ」

なんてこった。あんまりにも頼もしすぎる。

わたしが失敗しても、大丈夫……？　いや、失敗したら失敗したでわたしの人生が剝ぎ取られちゃうから、大丈夫ではないんですが！

でも、肩の荷は下りた。香穂ちゃんと紫陽花さんのおかげだ。

「けど、いちおう計画の実行日は明日予定だから、きょう大成功したらそれに越したことはナイナイちゃんだけどね！」

「ううううがんばる…………」

「ちょ、ちょっと香穂ちゃん、あんまりプレッシャーかけないであげてね……。ね、れなちゃん、だ、大丈夫だよ。泣かないで、きっとなんとかなるから、ね、ね？」

人間力の高いふたりに介護され、わたしはようやく前を向くことができた。

こんなときにも、ほんと世話の焼けるやつだなあ！　わたし！

ぐすぐすと心の涙を流していたあたりで、真唯と紗月さんがやってきた。

「それじゃあ、行こうか、れな子」

「ええ、行くわよ、甘織」

関係性は元通りってわけじゃないけど、これで久々に五人が揃った。

やっぱり、真唯を中心としたこのメンバーが一堂に会すると、そのオーラがやばい。伝説ポケモンだけで構成された手持ちみたいだ。もちろん、わたし以外。

「それじゃあ、いってきます！」

香穂ちゃんと紫陽花さんに背中を押され、真唯と紗月さんの後を追いかける。

ええい、これが終わって、みんなで気持ちよく夏休みに突入するんだ！

真唯の家に遊びに来るのは二度目だ。

前回はお手伝いさんがいなかったんだけど、今回は運転手の花取さんがそのまま一緒にお部屋まであがってきた。

エレベーターの中、紗月さんは何度もあくびをしていた。

よくよく見れば、目の下にクマができちゃっている。

「紗月さん、夜ふかししてたの？」

「ええ、まあ。最後の仕上げをね」

自分で、睡眠時間が足りないと頭が働かないって言ってたけど、大丈夫かな。

「大丈夫よ。リムジンの中で、少し寝かせてもらったから」

「また心を読む……」

「あなたが顔に出やすいの」

一方で、真唯の横顔はきれいなものだった。肌も大理石でできているのかもしれない。

真唯がわたしの視線に気づいた。ふふん、と人差し指を立てる。

「君の考えていることを、私も当ててみせようじゃないか」

「なんと」

「この場に紗月がいなければ今すぐに抱きしめてキスをできるのに……。そう思っているね？」

「大外れがすぎる！」

「なんだって？　紗月がいても構わないのか？　だが、それは少し私も面映ゆいな……」

「ご到着です」

花取さんのその声の直後、エレベーターのドアが開いた。わたしたちはフロアに出る。

案内されて、すでにセッティングが済んでいるというゲーム部屋に向かうとだ。

「うわ、すご……」

広々とした部屋に、三角形型に配置されたディスプレイと、その横に置かれたPS4。さらには、ゲーミングなチェアーが三脚置かれていて、まるでどこぞのeスポーツスタジオみたいだった。

す、すごい。真唯のお金持ちっぷりには毎度毎度、ドン引きしてたわたしだけど、この環境にはかなりときめいてしまう……。

真唯は椅子に肘(ひじ)をついて、得意げだ。

「どうだい？　れな子。こういうの、好きだろう？」

「うっ……す、好き……」

「なんだって？」

「好きぃ……」

「もう一度」

「大好き……っ」

「ふふふ、そうだろうそうだろう。私もだよ、れな子……」

「いつまでやってんのよ」

スパンと紗月さんに後頭部を叩かれた。痛い。

「そうだね、イチャつくのは、紗月が帰った後にしようじゃないか。というわけで、業者に頼んで設置してもらったんだよ。椅子もそれぞれ、君たちの体格に合わせたものを購入したつもりだが、一応微調整はしてみてくれ」

「な、なるほど……」

真唯の椅子が赤。紗月さんのが黒で、そしてわたしがピンクのようだ。ほんとに、わたしたちのために用意してくれたのか……。

「お手伝いしますね」

「あ、はい。あ、ありがとうございます」

花取さんにレバーの使い方などを教わりつつ、椅子の高さや背もたれの角度をしっくりくるものに合わせる。だいたい床に座ってゲームすることが多いので違和感を覚えるかもと思ったんだけど、すぐに慣れた。これが高価(たか)い椅子の力……。

「よさそうね」

紗月さんも同じように椅子に座って、コントローラーを握る。モニターには、すでにプレイするゲームが映し出されていた。

「もしかしたら、真唯にお願いしたら、ＰＣ版で勝負することもできたのかな……」

わたしに悪い虫がささやいてくる。

「PC版はなにか違うの？」

「そうなんだよ、紗月さん……ふふふ。まずフレームレートがぜんぜん違っててね。あと基本マウスだから、エイム力も格段に変わるよね……。っていうかそもそもこのゲームって元はSTEAMだからさ、遅れてPS４に移植されたんだけど、その過程で１００人対戦もスペックが足りないっていうんでMAX30人になっちゃったんだ……。代わりに今回のレギュレーションで使うプライベートマッチのシステムが追加されたんだけど、やっぱりPCで最高の性能を発揮して遊んでみたいのは学生ゲーマーの夢っていうか……へへ……」

「なにを言っているかまったくわからないわ、甘織」

「ハッ」

我に返る。目に光が戻る。

「わ、わたし、なにか言ってた!?」

「ええと」

「いや、違う、違うの、紗月さん！　今のはわたしじゃなくて、中学時代のわたしなの！」

「そ、そう……。前に聞いたときはピンとこなかったけど、なるほど、そうなのね……。すごくマシになったのね、あなた……」

「哀れみの目はやめて！」

まさかの大失態だ……。わたしは話し方も変えて、ちゃんと人に聞き取りやすいよう、お腹（なか）から声を出すようにしたんだ……。

毎日ちゃんと腹筋するようになったし、それなのに、うっ、うっ……。

「よくわからないけれど、私はどちらのれな子も好きだよ」

「わたしを甘やかすなあ！」

王塚真唯に、わたしの嫌いなわたしを肯定されると、喉（のど）をかきむしって死にたくなる。

なんで決戦前にこんなにダメージ食らわなきゃいけないんだ。今どきのＲＰＧ、だいたいボス戦前に全回復のセーブポイントとか置いてあるのに……。

「さて、それじゃあ準備がいいなら、始めようか」

最後に真唯が着席し、優雅に足を組む。

これで、三角形の形にそれぞれが、配置についた。

鞄から取り出したスマホを机の上に置き、大きく深呼吸。

大丈夫大丈夫、いつも通り、いつも通り。

「私は問題ないわ」

「わたしもおっけー」

「ん」

左隣の真唯は、邪魔にならないよう髪を後ろにまとめている。右隣の紗月さんも黒髪をくくって、ひたとディスプレイを見つめていた。

ふたりが緊張しているかどうかは、わたしの目にはぜんぜんわからない。あるいは、人生において、こんな大舞台は何度も経験してきたのかもしれない。

わたしにはなにもない。でも、好きでゲームは続けてきた。あの頃の、対戦ゲームでしか自分の価値を見出せなかったわたしを、インストールするんだ。

「それじゃあ、プライベートマッチ。マップ配置ランダムのサイズ最小。バトルロワイヤル。アームズはスタンダード。ＭＡＸ人数３名。ルールは二本先取で、先に一位を二回取った人が勝利。……それじゃあ」

パスワードをかけたプライベートルームに、ふたりが参加してくる。あとはわたしがスタートを押すだけ。

真唯が勝ったらわたしと結婚。紗月さんが勝ったら、わたしと結婚。そしてわたしが勝ったら、ふたりは仲直り。改めてひどい条件だなあ！

でも、やるしかないんだ。

大きく息を吸って、吐き出すとともに、ボタンを押した。

「ゴー！」

さて、一戦目がぬるりと始まる。

わたしの目が、ディスプレイに吸い込まれる。

今回は住宅地マップか。アメリカの農場にあるプレハブのようなところから始まった。

このゲームは、最初はなにも武器を持っていない素手の状態で始まるため、まずはあちこちを探索して銃器を拾い集めなければならない。

序盤は、とにかく自分の装備を整えることが大事だ。そうじゃないと、パンチで戦うことになっちゃう。

さて、この配置だと、二階とかになにかありそうかな。

ええと、まずは拾い集めて、と……。

「……ん？」

今なにか、音がしたような。

そういえば、ヘッドフォンを用意するのを忘れたことに今さら気づく。音量をあげても、他ふたりと音が混ざっちゃうから、意味ないし。

しかし、30人が入り乱れる戦闘とは違って、今回は3人だけだ。だから、こんなに早く会敵することなんて、まずありえな――。

視界をなにかが横切った。

真唯だった。

「は!?」

ってくる。

「えい」

真唯のキャラが、道中拾ったらしいバールのようなものを振り上げて、ボコスカと殴りかかってくる。

ちょっ、ちょま！

さっき拾った拳銃を連射する。近すぎて狙いがつかない。

判断ミスだ。一目散に逃げて距離を取るか、それかわたしも殴って応戦すればよかった。

気づけば、わたしの視界は真っ赤。

そしてトドメの一撃を振り下ろされて、ごすっと鈍い嫌な音がした。

『you are dead』の文字が、画面上に大きくデデーンと表示される。

な、な、な………。

「なにそれ!?」

思わず、テーブルにバンと手を叩きつけてしまった。マナーが悪い。

真唯はこれ以上なく楽しそうだ。

「どうかな、びっくりした？」

「そりゃあもう！」

「それはよかった。いやあ、思った以上にうまくいったね」

「ぜんぜんよくないけど！　えっ、ちょっと、どういうことなの!?」

　まだゲーム中だってのに、立ち上がって真唯の椅子をぐらぐらと揺らしたい衝動に駆られる。さすがにそれはやんないけどさ！

　真唯はグラスの中のワインを回すみたいに、上品にコントローラーを操りながら笑う。

「なあに、そう難しいことじゃないよ。四人用の最小マップの場合、スタート場所が24カ所しかないだろう？」

「え？　そ、そうなの？」

　プライベートマッチなんて普段やらないから、スポーン地点とか気にしたこともなかった。

「いくつか、まとまった場所があってね。そこめがけて開幕から全力疾走したんだよ。アテが外れると相当な時間のロスになってしまうんだが、よかった」

　真唯は優美に髪をかきあげて、口元を吊り上げた。

「なんといっても私は、運がいいからね」

「っ……こ、このおぉ……」

　悔しすぎて、血を吐きそうだ。

　真唯が圧倒的に強かったわけじゃない。もっと冷静なら対処はできた。それなのに慌ててしまった自分に対しての悔しさだ。

「ちなみに、うまくいくかどうかはともかくとしてね。私は今回、れな子用に作戦を用意してきたんだ」

「作戦……?」

「そうとも。君の性格を考慮し、最初に20個ほど考えてね。実用性を取捨選択した結果、三つに絞られた。つまり、あとふたつだな」

真唯はこの上なく楽しそうだ。隣にそんな顔でゲームしている女がいたら、一緒に遊ぶ友達としては百点満点のはずの笑顔だった。

「ふふ、君は相当な強者なのだろうけれど、言っておくよ。私ほど君のことを普段から考えている人間はいない、とね」

「ぐっ、がっ、ぐぐぐ……」

こいつ、最初からわたしを落としに来てたのか……!

なぜ思い至らなかったのか。格闘ゲームでも、真唯は最短効率でただコンボだけを練習してきた女。だったらFPSだって、自分のできる範囲でのもっとも勝算の高い戦術を押しつけてくるに決まってる!

そりゃ、まともに戦えば地力で勝るわたしが勝つ。だったら、わたしという人間に狙いを定めて、人読みでわたしを倒してくるのは、理にかなっていた。悔しい!

椅子に深くもたれ込んで、わたしは画面の映像を切り替える。先に死んだので、他ふたりのプレイを見物することができるのだ。

いつまでも悔しがってても仕方ない。次に挽回するために、今は情報を収集だ……。

先ほどから静かな紗月さんを見てみることにした。

紗月さんは着実にアイテムを集めて、装備を固めている。その立ち回りは、我が家で練習していた頃とはまるで別人のようだ。

マップも覚えているみたいだし、射線の通った開けた場所の警戒の仕方もちゃんとセオリー通りで、形になっている。

わたしは正直、感動した。巣立つ教え子を見ている教師って、こんな気分なのかな……。

「紗月さん、明らかにうまくなってる……！　すごい、すごいよ紗月さん！」

「うるさい、黙ってて。気が散るわ」

「あ、はい」

対する真唯は……無茶苦茶だ。できていることもあるけど、ぜんぜんまるでなってない部分も多い。基本をしっかりと叩き込んできた紗月さんに比べれば、その動きは荒い。

通常のゲームなら、キルは取れるだろうけれど、デスも同じぐらい取られてしまうだろう。横で見ていたら、思わず口を出したくなるようなプレイだった。

ふたりはついに戦場で出会い、撃ち合いになった。

強い武器を持ち、高所に位置取りしている真唯が有利だけど、紗月さんの立ち回り次第ではぜんぜん巻き返せるような場面だ。

だけど、結果は真唯の勝利。

ほんのわずかな差だった。

どちらが勝ってもおかしくなかった。紗月さんは不利な状況でよく戦った。

「惜しかったね」

「……………そうね」

紗月さんはスマホを開いて、メモ帳を確認しているようだ。

そこには、自分がまとめた勝つための心構えのようなものがびっしりと載っていて、実に真面目な紗月さんらしかった。

「まずは一勝。そして、マッチポイントだ。次でわたしの勝利だね」

真唯は、好きなオモチャを買っていいと言われた子どものような目で、わたしを見つめてくる。悪寒が走る……。

「す、ストレートで勝たせてなんてやるもんか……」

「れな子。終わったら、すぐに君のご両親にご挨拶に行こうじゃないか。まだ学生の身分ではあるが、どうかな。君がよければ、週に何日かは一緒に暮らそうよ。花取は料理も得意なんだ。今度こそ、君に気に入ってもらえるといいな」

「インターバルに人生設計語るのやめてくれませんか⁉」

こうしてわたしのメンタルを削る作戦か⁉　効いてる効いてる！

「はいスタートスタートー！」

二戦目だ。今度こそ、わたしが勝つ。

わたしがやるべきことは単純だ。

適当な武器をひとつ手に入れたら、見晴らしのいい場所へと向かう。撃ち合いの状況になれば、単純に腕の差がものを言う。30メートルの距離においての絶対正義は、経験だ。

幸いにも、マップは砂漠エリアだった。空間が広く、ここでの戦闘は比較的長期戦になりやすい。速攻を旨とする真唯には、やりづらいはずだ。

ちらりと真唯を見やる。

どんな顔をしているのかと思えば、驚いた。真唯はコントローラーを置いて「ふうむ」と顎に手を当てて考え込んでいる。

「ぷ、プレイ中ですけど!?」

「もちろん、わかっているよ。私は私なりに、勝つために最善を尽くしている。これも必要な時間さ」

「わ、わけがわからん……」

今回はわたしが、使い慣れたアサルトライフルを入手することができた。一丁携えて、とにかく走る。真唯の奇襲を最大限に警戒しつつ、周辺もくまなく監視する。

ひとつ気をつけたのは、真唯の作戦は推測しないようにすることだった。

いくら真唯が人読みでわたしに狙いを絞っているといっても、現実世界とは違って、ゲームの中で取れる選択肢は限られている。

奇策を弄したところで、メジャーじゃない戦術は、なにか大きな欠点があるから主流になっていないってことを、わたしは知っているはずだ。

だったら、ちゃんと警戒を怠らなければ、わたしはそのどれにも対処はできる……はず！

「どうだ！　真唯！」

「もう少し考えてみるさ。君にガラスの靴を届ける方法をね」

「その王子様、さっき鈍器でシンデレラの頭をカチ割ってたんですけど！」

人影が見えた。すかさず発砲。

真唯……ではない。紗月さんだった。

「チッ、甘織か」

「プレイ中の舌打ち、ふつうにこわい！」

タイミングをずらしながらも、撃ち続ける。遮蔽物に隠れた紗月さんは、頭出しをしつつ的確に撃ち返してくる。ああ、うん、すごいそれっぽいゲームになってる……！

「む……」

「お？」

紗月さんの声が曇った。

わたしが突然驚異のエイム力に覚醒した……というわけではもちろんなく。

真唯が参戦したようだ。紗月さんがその十字砲火（クロスファイア）に晒（さら）されている。三人しかいないこの状況で、ふたりに狙われるのはあまりにもしんどい。

「どうかな、紗月。ふたりで先にれな子を倒すというのは」

「なにを言っているの。それであなたが勝ったら、勝負が終わってしまうでしょう」

「おや、それは私と正面から撃ち合って勝つ自信がない、ということかい？」

「自信はあるわ。少しでも確率の高いほうを選びたいだけ」

「なるほど、確率ね。だが、これは君の得意な勉強とは違うんだよ」

「……なに？」

先ほどから、銃声はひっきりなし。

真唯が話しかけているのも集中力を削（そ）ぐためなんだろうけど、紗月さんはその言葉を無視することができないようだった。

「奇襲を受ければ逃げ場のない狭い道と、そうではなく広々とした道。ふたつの道があるとしよう。どちらかに敵が張り込んでいるとする」

「なんなの」

「当然誰もが後者の道を選ぶ。生き残る確率が高く『正しい』選択だからね。決まっている」

真唯と紗月さんが徐々にわたしから離れてゆく。

ふたりが戦っているところに割り込むのが、勝率としては一番高い。わたしはふたりを追いかけながらも、違和感を覚えていた。

一戦目。紗月さんが、どうして真唯と撃ち合いで勝てなかったのか。わたしは大きな誤解をしているような気がした。

あれは本当に、惜しい差だったんだろうか？

「けれどね、紗月。本当に正しいのは、敵がいない道さ」

「っ!?」

紗月さんがキルされた。

そんな、また真唯が勝った？

「君は確かに正解を選び続けている。だからこそ、私には勝てないよ」

そうドヤ顔で気持ちよくなっている真唯を、わたしの銃弾が撃ち抜いた。

「…………」

真唯は気まずそうに固まっている。

わたしも同じように。

「えと……その、立ってたから、つい」

「うん。まあ、こういうこともあるね」

れな子、Ｗｉｎ！

これでわたしもマッチポイントだ。ただ、紗月さんだけがひとり……。

ガタッと音を立てて、荒々しく紗月さんが立ち上がった。

長い髪を揺らしながら、紗月さんが言う。

「……トイレ、借りるわ」

「どうぞ」

手のひらで指し示す真唯の前を横切って、紗月さんは歩いていった。

「……紗月さん」

心配になって、そうつぶやいたわたしに、真唯が肩をすくめる。

「今のは少し、言い過ぎたかな」

「……そうだよ、あんなの」

友達のやることじゃない。

そう言おうとして、わたしは押し黙った。

真唯と紗月さんの関係に、わたしがわたしの基準で口を挟むのは違う気がしてしまって。

「けれどね、私はああ言えば紗月には楽に勝てるだろうな、と思いついてしまったんだ。果たして、勝利を摑むために万全を尽くさず、手を抜くのが彼女にとって喜ばしいことかな？」

「それは……」

わたしでもわかる。紗月さんは手加減されたと知ったら、激怒しそうな気がする。その相手が真唯なら、なおさら。

「もう少し、肩の力を抜いて生きればいいのにな」

「……それができないから、紗月さんなんでしょ」

「間違いない」

そこで花取さんが、トレイに紅茶を載せて運んできてくれた。ちょうど休憩に入ったばかりの、神がかったタイミングだ。

「あ、ありがとうございます」

ティーカップを受け取って、鼻に近づける。いい香り。唇にじゃれついてくる湯気に、心がほっとするみたい。気持ちが落ち着いてくる。

一口飲むと、甘みの中にちょっとした酸味とほろ苦さが感じられた。疲れが取れそうな味がする。おいしい。

ぼんやりと、先ほどの試合を思い出しながら、口を開く。

「真唯はさ」

「ん」

「なんか、やっぱりすごい。そもそも発想からして、ふつうの人とは違うっていうか」

「そうだとも。これが君の伴侶(はんりょ)となる女、王塚真唯さ」

「ならないならない」

ならない、けど……。

真唯がかっこいいのは、嫌でも伝わってきてしまう。

あれだけ練習した紗月さんさえも、手玉に取っちゃうんだ。

真唯はティーカップに口をつける。

「しかし、私に自由を教えてくれたのは、彼女だったんだけどな」

「それって……？」

蒼い瞳は、ここじゃないどこかを見つめているようだった。

「昔の話さ。私たちがまだ出会ったばかりのね」

「小学生のときの？」

「ああ」

真唯は肩をすくめた。

「まったく……どうしてこんなにも、私にこだわるようになったのかな」

「わかんないけど……」

紗月さんは負けず嫌いな人だけど、誰にでも対抗心を燃やしたりはしない。あくまでも真唯にだけだ。ずっと負けっぱなしで悔しいからとか、幼馴染みだからとか、そういう風に思っていたけれど……。

ぜんぜんさっぱり心当たりのなさそうな真唯を、ジト目で見つめる。

「ていうかそれ、わたしも真唯に思ってるんだから」

「それは君が運命の人だからだよ」

「まだ言ってる……」

「もちろん、百年後も変わらぬ想いを込めて言うさ」

むう……。休憩中だからって、デレまくりやがって……。

ティーカップを空にして、熱い息をつく。三戦目はどんな試合になるだろうか。できればここで真唯とは決着をつけたい。大丈夫、わたしは落ち着いてる。次も勝てるはず。

そこでふと、気づいた。

「紗月さん、ちょっと遅くない？」

「そうだな。しばらく、ひとりにしてあげようと思って」

空いた黒の椅子を見ながら話を振ると、こともなげに真唯がそんなことを言うものだから、わたしは目を丸くしてしまった。

「え、ひとりって……」

真唯はなにも言わない。

言葉にすることで、紗月さんを侮辱してしまうことを、恐れるみたいに。

「そ、そういうこと？」

わたしは思わず立ち上がった。

不思議と体が動いてしまった。

「わ、わたし、ちょっと見てくる」

「放っておいたほうが」

「やだ」

反射的に言い放ってから、はっとする。真唯もわたしの発言に驚いていた。

「だ、だって」

取り繕うみたいに、慌てて言葉を重ねる。

「真唯は、来てくれたじゃん。わたしが屋上に逃げ出したときに、ちゃんと」

「おかげで、君が屋上から落下するはめになってしまったが」

「そ、そうだけど」

言葉を探すが、うまく見つからない。

摑めたのは、飾らないただの本音だった。

唇を嚙んで、告げる。

「わたしは、嬉しかったよ」

そう言うと真唯は、ふっと笑った。

「そうか。では、君の選択を尊重しよう」

真唯の横顔は、どこか寂しそうだった。

「私の言葉はきっと、彼女には届かないだろうから」

早足でトイレに向かう。まるでなにかを託されたような気分になってしまったけれど、わたしはそんなにいっぱいのものを持てやしないから、身ひとつだけで。


固く閉ざされたそのドアは、迷宮の決して開かない石扉のようだった。

なにを言っても跳ね返されそうな気がして、恐る恐る、声をかける。

「あの……紗月さん？」

一度目。返事はない。

「紗月さん」

ちょっと待ってから、声が聞こえてきた。

「甘織」

あまりにも覇気がなくて、わたしは胸に当てた手をぎゅっと握ってしまう。

「ごめんなさい、心配をかけてしまったかしら。すぐに戻るわ。少し、次の試合はどうしようかなって考えていただけだから」

手のひらを、軽くドアに押しつける。

当たり前だけど、その感触は冷たく、硬かった。

「なかなか、うまくいかないものね。やっぱり真唯は、大したものだわ。でもね、私だって、がんばっていたのよ。ただもう少し、時間があれば……」

「……うん。紗月さんががんばっていたって、わたしはわかるよ。だって、すごく上達していたもん」

わずかな間。

「……だけど、真唯には勝てないわ」

「それは……」

なにも言えなかった。

たまにいるんだ。どんなゲームをやらせても、上手な人が。

わたしだって、何度も見てきた。自分よりよっぽど少ない試合数で、レートを駆け上がってゆく、天性の才能をもっているとしか思えないような人間を。

真唯は子供の頃からモデルとして活躍している。それってきっと、同じように夢に向かって頑張る同年代相手に、勝ち続けてきたってことだ。

ＣＰＵ相手と戦って勝ち癖（ぐせ）をつける必要なんてない。真唯はいつだって勝者だった。

――だから、仕方ないよ。

喉まで出かかった言葉を、ごくりと飲み込む。

紗月さんに、仕方ないなんて慰（なぐさ）め、言えるわけがない。

「テスト期間中もね、アルバイトをしていたの」

「……え？」

「店長は休んでもいいって言ってくれたのだけど、高校に入ったら家にお金を入れるって母さんと約束したし。自分が決めたことを、曲げたくなかったから」

「そう、なんだ」

「ちゃんと勉強もして、その上で、練習もしていたのよ」

それで、目の下にクマが……。

睡眠時間を削って、いろんなことをがんばっていたんだ。

「うん……そっか、すごいね。紗月さんは、すごいよ」

アルバイトどころか、勉強だってろくにがんばれなかったわたしから見たら、紗月さんだって、雲の上の人だ。

ずっと遥(はる)か上空に浮かぶ、美しく輝く月。

手の届くはずがない人。

それが、わたしにとっての、紗月さんだ。

「でも、そんなのはきっと、逃げ場を作っておいただけなんだわ」

「そんな……」

違うよ、紗月さん。

そんな風に言わないで。

「すべてを懸けて真唯と勝負して、それで完膚なきまでに負けてしまったら、私はもう、寄る辺を失ってしまうから」

「紗月さん……」

すごく、たのしい。そう言って真唯と戦うことを待ち望み、微笑んでいた紗月さんの顔を思い出して、後悔する。

わたしがばかだった。

ふたりに勝ちさえすれば、真唯と紗月さんを仲直りさせられるって思っていた。

でも、そんなのはぜんぜん違った。

このまま試合を再開してわたしが勝ったとしても、紗月さんは二度と真唯と対等の関係ではいられない。

友達じゃ、いられなくなる。

「……紗月さん……」

隔たれた壁の分厚さに絶望し、わたしはうつむいた。

真唯がわたしを追いかけてきてくれて嬉しかったのは、それが真唯だったからだ。わたしは真唯みたいに言葉が上手じゃないから、うまく紗月さんを慰めることだって、できない。

このままじゃ、放っておいたほうがマシだった、って思っちゃう。

紗月さんが自分を傷つけるような言葉を吐くこともなかったのに、って。

ほんと、後悔してばっかり。

でも……。

「諦めちゃだめだよ、紗月さん」

「……なに、それ」

なにもかもが、今さらなんだ。

勝負は始まったし、わたしはこうしてドアの前にいる。

中学時代、引きこもりだった過去は変えられない。後悔は山ほどしたし、反省会はお布団の中で年中無休だ。それでもわたしは、高校デビューして、紗月さんと出会うこともできた。

顔をあげる。

変えられるのは、いつだって、これからだけだから。

「もしきょう勝てなくても、明日は勝てるかもしれない。その次は、勝てるかもしれない。追いつけるかもしれない」

無責任な言葉を告げる。

「私は……今まで、ずっとそう思っていたのよ。でも、相手は」

「相手は真唯だけど！　でも諦めちゃだめだよ！　わたしは紗月さんに諦めてほしくない！」

エゴなんてレベルじゃない。ただの願望だ。

　紗月さんには、前を向いていてほしいから。

「真唯に勝ちたいんでしょ。ずっと、見返してやりたいって思ってたんでしょ。だから、諦めちゃだめだよ。だってわたしも、紗月さんが真唯に勝つところ、見たいんだもん！　あの真唯が紗月さんに負けて悔しがるところ、ぜったいに見たい！」

「……そんなこと、今さら」

「今さらじゃないよ！　だって、元はといえば、紗月さんがわたしを巻き込んだんじゃん！　紗月さんの言葉に、わたしだって乗ったんだよ！　友達を裏切っても、紗月さんに手を貸してさ！　ずっとずっと、すっごく気まずかったんだから！」

　そうだ、わたしたちは。

　最初から、他人なんかじゃなかった。

　共犯者（ともだち）だったんだ。

「だから、ひとりで諦めないでよ！　きょう負けたって、不敵に笑って『次は勝つわ』って言ってよ！　いつもの紗月さんみたいにふてぶてしく！　あんな顔がいいだけの俺様野郎なんかに、心折れないでよ！」

　ドン、とドアを叩く。

「……あなた」

　慰める言葉も、同情する言葉も、わたしはもっていない。

そんなの、わたしが紗月さんに言えるはずがない。自分よりがんばっている相手に『がんばったね』なんて思い上がりも甚だしい。

わたしが紗月さんにできるのは、ただ期待することだけだ。

それが、平凡で冴えないわたしができる、精一杯の応援なんだ。

月は、太陽の光を浴びて輝くことしかできないけど。でも、昔からずっと、人は月を見上げて想いを馳せた。太陽と月。どちらが上か下かなんてない。

ただわたしは、前を向いて歩く紗月さんのことが、好きなんだ。

「ね、紗月さん――」

さらにもう一度ドアを叩いたそのときだった。

鍵がかかっていなかったようで、思いっきり内側に開いてしまったのだ。え!?

勢いよくトイレに飛び込んできたわたしを見て、便座に腰掛けていた紗月さんが目を丸くする。そのまま、抱き留められた。

「あわっわわ」

「なにしているの、あなた……」

紗月さんがスカートを下ろしてなくてよかったと、心から思う。

「す、すみません……なんか、気持ちが高ぶってしまって……」

「ものを叩くなんて、乱暴よ」

「それは確かにそう！　えっ、このタイミングで正論言います!?」

胸に抱きしめられたまま、わたしは身動きが取れない。なぜか、紗月さんがわたしを離してくれないのだ……！

柔らかく、しなやかな体だ。一本芯が通っているようにしっかりしていて、さらに長い髪がわたしを毛布のように優しく包んでいる。どこを向いても紗月さんで、月明かりの降る夜のような匂（にお）いがする。

「な、なぜ離してくれないんですか……」

「あなたの大声を聞いて、ひとつ思い出した気がするわ」

「質問に答える気がない！　え、それは……？」

「王塚真唯は、自分が思っているほど大した女じゃない、ってこと」

「紗月さん……」

顔をあげる。すると、すぐ近くに紗月さんのお顔があった。

その唇は三日月を描く。紗月さんは、ちょっと怖いような悪い笑みを浮かべていた。

「よくも言いたい放題言ってくれたわね。甘織のくせに」

「えっ!?　ご、ごめんなさい……！」

「いいわ、別に。あなたのそういうところ、嫌いじゃないから」

そう言うと、紗月さんはにっこりと笑う。

そのまま、紗月さんはわたしの顔に顔を近づけてきて、え？

唇にキスをされた。

「なぜ!?」

「特に意味はないわ。景気づけね」

「人の唇に滋養強壮効果はございませんが！」

「いつまで抱きしめられているのよ。いい加減、離れなさい」

「理不尽すぎる！　じゃあ離してくれませんかね!?　はな、は、離せえ！」

狭いトイレで、もがくけれど、ぜんぜん腕から抜け出せない。笑われる。ぐぬぬぬ。

しばらくしてようやく解放されたわたしは、ぜえぜえ、と息をつく。おかげで少し汗もかいてしまった。

「なんなんですか……」

トイレから転がり出て、床に膝をつきながら荒い息を整える。

「甘織、ありがとうね」

「いえ、よくわかんないけど、大丈夫です……」

「考えてみれば、私だけ心を折られかけるなんて、あまりにも不条理よね。ちゃんと真唯の心もバッキバキにへし折ってやらないと」

「なにをする気ですか!?」

殺し屋の着る黒いコートみたいに黒い髪を翻して、紗月さんは言った。

「決まっているわ。戦争の続きでしょう」

わたしはひょっとしたら、とんでもないモンスターを目覚めさせてしまったのかもしれない。

「やあ、遅かったじゃないか」

王塚真唯はわたしが出ていったときとなにも変わらない美しさで、優雅にわたしたちを出迎えてくれた。

「どうかな、私を倒すための作戦は、思いついたかい？」

紗月さんはこともなく言い放つ。

「ええ、おかげさまでね」

なぬ。

「ほう、それは楽しみだ」

紗月さんの言葉が本気なのか、それともハッタリなのか、わたしには判別がつかない。紗月さんはわたしの心が読めるのに、わたしが紗月さんのことなにもわからないのはずるい……。

「しかし、トイレでいったいなにをしていたんだい？　れな子も、ずいぶん汗をかいているみたいじゃないか」

それは、紗月さんになぜか羽交い締めにされるという嫌がらせを受けて……。

そう言おうとしたわたしよりも先に、紗月さんが告げた。

「そうね、抱いていたから」

「ほう？」

「甘織を」

紗月さんの流し目が突き刺さる。

いや、いやいや、いやいやいやいやいやいやいや！

言い方ってもんがあるでしょ紗月さん！　なにそれ、真唯を動揺させる作戦かなにか!?　いくらなんでも、そんな見え見えの当てつけが真唯に。

「ほ、ほう、ほほほう？」

効いてる！

真唯は落ち着こうと持ち上げたティーカップをカタカタカタカタ言わせていた。めちゃくちゃ効果がバツグンだ！

「いくらなんでも言い方が悪いぞ、紗月。実際はただぎゅっと抱きしめていたぐらいなのだろう？　それにしても、羨ましいことだが……」

「でも唇にキスはしたわ。ねえ、甘織？」

「しましたけれども！」

そうか、このためだったのか！　こっわ！

「れな子……？」

真唯がすごい目でこちらを見つめてくる。あなたの幼馴染みがファーストキスから二週間も経たずに目的のためなら唇を捧げる悪女になっちゃったんですけど！　これぜったいわたしのせいじゃないよね⁉

耐えきれずにわたしはゲーム開始のボタンを押す。

長引かせないほうがいい気がしてきましたね！

「げ、ゲームスタート！」

マップは、ここにいたって、もっともオーソドックスなメジャーマップ、市街地。工場地帯とビジネス街を足して二で割ったようなステージだ。

「ねえ、甘織。どうして私がこんなに真唯をライバル視するようになったか、教えてあげましょうか」

「えっ⁉　今、試合が始まったばかりですけど⁉」

「昔の真唯は、それこそ絵に描いたようなお嬢様でね」

話し始めてる！

「待て、紗月。れな子になにを語ろうとしているんだ」

「あなたがいちばん……いえ、唯一かわいかった時代の話よ」

紗月さんはもちろん手を動かしながらも、同じぐらい口を動かし始めた。

ぷ、プレイに集中……！　こんなの紗月さんの罠に決まっているんだから、わざわざ聞く必要なんてナイナイちゃんだよ……。

「あの頃の真唯は、もちろん今と同じように人気者でね。周りにはたくさんの人がいたわ。けれど、それは学校内でのお話。放課後はずっと付き合いが悪くてね。モデルの仕事に加えて、毎日習い事もしていたのよね。子供心にも、大変そうだと思ってたわ」

「……ママは、私に英才教育を施してくれていたんだ。子供の可能性を、できる限り伸ばしてあげようという、教育方針だったたんだろう」

「でも、窮屈だったんでしょう？」

「羨ましいって思っていたかもしれないね。君たちはいつも、すごく楽しそうだったから」

「だから、あんな無茶をしたのよね」

「若気の至りさ」

ぐっ、ヘッドフォンがないから！

否応にも聞こえてきて、集中力がすごい削がれる！

「ある日真唯がね、『きょうは大丈夫だから』って言って、私たちの遊びに参加したの。女子グループは、それは喜んだわ。だって、人気者の真唯と放課後も遊べるんだもの。けど、真唯はずっとどこか上の空でね」

「……本当にぜんぶ語るつもりか」

「ええ、なにか？　それとも、甘織には聞かれたくない？」

「……やめろと言っても、君は続けるんだろう？」

「よくわかっているじゃない」

「長い付き合いだからね」

紗月さんが涼しげに笑い、真唯が肩をすくめる。幼馴染み感ある会話だ。

いや、ふたりを見ている場合じゃない！

「それでね。夕暮れになって、ひとり、またひとりとグループの子たちは帰っていったあと、私と真唯だけが残ったわ。真唯は遊び場にしていた神社の公園にうずくまりながら、泣きそうな顔で言ったの。きょうは帰れない、って」

神社……って、あの神社か。

紗月さんと付き合い始めたあの日に立ち寄った、あの。

ああもう。

「な、なんで？」

ついにわたしまで会話に加わってしまった。とりあえず使い慣れたライフルを拾って、ほっとしたというのもある。

「真唯はね、放課後の予定をサボったのよ。それも習い事じゃなくて、子役モデルの仕事をね。電話の電源を切って、私たちと遊ぶことを選んだの。さすがにもう、我慢の限界だったのよね」

そんなことが。

「子供だったんだよ。仕事でミスをしたり、大人に怒られたり、ママと軽くケンカをしてしまったり、そういったものがいろいろと絡み合った末の、反抗さ」

「それで、紗月さんは？」

「真唯を家に連れて帰ったわ。ひとりにしておけなかったもの。ただ、いつも素敵な服を着ていて、キラキラしたお嬢様だと思っていた真唯に、我が家を見せるのは、かなり恥ずかしかったけれどね。母さんはあの通りだし、父は物心ついた頃からいなかったから」

紗月さんのご家庭、そうだったんだ。

「初めて友達の家に遊びに行ったんだ。それはもう、緊張してたよ。ただ、おばさんはずっと優しかったな。もちろん、君もだ」

「精一杯、おもてなしをしたわね。あなたの不安そうな顔を見るたびに、必死になって楽しませてあげないとって思ったの。私も母とケンカして家を飛び出すなんてしょっちゅうだったから、あなたの心細さ、少しはわかったもの」

どこかから優しい音楽が流れてくるような気持ちになったけれど、錯覚だ。ここは戦場だ。飛び交うのは銃弾で、立ちこめるのは硝煙の匂いだぞ。

なのに、まるで気の置けない友達と一緒に遊んでいるような気分になってしまう。

「そ、それから？」

「そうね。夕食を食べた後だったかしら。真唯のお母様がやってきたのよ」

「うわあ」

　思わずうめいてしまった。

「そりゃもう、カンカンになって怒鳴り込んできた感じ……？」

「いいえ、それがまるで感情がないアンドロイドみたいな態度でね。このたびはうちの娘が迷惑をかけて、申し訳ございませんでした、って。だけど、大人ってそういうときって怒るものだと思っていたから、逆に本当に怖くて。あんなに大人が怖かったのは初めてだったわ」

「私も、あんなママは初めてだったよ。ただ、今思えば、私に無茶をさせすぎたとママも反省していたんだろうな。表に感情を出すのが不器用な人だから、気持ちのやり場がなかったんだろう。でも、確かに怖かったな……」

「あなたは特に、仕事をサボって大勢に迷惑をかけてしまったという引け目もあったものね。ねえ、知っていた？　あのときの私の気持ち。冗談じゃなくて、連れていかれたらあなたは殺されると思ったのよ」

　紗月さんが笑い、真唯も苦笑いをする。

　先ほどから真唯の耳が赤い。前に言っていた、自分が愚かだった頃の話、なんだろうか。

「大げさだよ。私も、学校を辞めさせられてしまうかもしれない、ぐらいは考えていたけれどね。小学校なのに」

「それで、どうしたの？」

わたしの問いに、応えたのは真唯だった。

「紗月がね。私をかばったんだ」

「えっ、紗月さんが……？」

「ああ」


『連れていかないでください！』と小さな女の子の声がする。

黒髪の少女は、金髪の少女を背にかばっていた。

そして、スーツ姿の女性を見上げながら、威嚇するように叫ぶ。

『真唯は、ただ私たちと遊びたかっただけで、悪いことなんてしてません！　だって、子供って遊ぶのが仕事だって、うちのお母さん言ってましたもん！　真唯に、ひどいことしないでください！』

両手を広げた女の子の背を見つめながら、金髪の少女は泣いていた。

その涙がどうして流れたのかは、自分でもわからなかった。母が怖くて、だけどかばってくれた友達のことが大切で、彼女と離れたくなくて、ただただ感情が堰を切ってあふれ出した。

『真唯は、どこにも行かなくていいからね！　うちの子になっちゃえばいいんだよ！　私がずっと、一緒にいてあげるから──！』

ああ、と小さな声が漏れた。

真唯が、わたしを熱っぽく見つめている。

「そうか、だから私は君に……」

「え？」

「いや、なんでもない。そうだな、これはさすがに野暮というものだ。私は君のことを、心から愛しているのだから」

「きゅ、急になに……」

紗月さんはこれ見よがしにため息をついた。

「かばったものの、私は事情をまったく聞かされていなかった母さんに怒られるし、真唯はもちろん家に連れ戻されるしで、本当にひどい目に遭ったわ」

「あれ以来だな、紗月」

「なにが？」

「私が孤立しそうになると、君がいつだって近くにやってきて、私のことを貶める。私など、大したことのない女だと」

「そりゃあね。あんなに泣きわめいていた女が、大人ぶっていても仕方ないわ」

「だけど君こそ私に張り合おうと、大人ぶる行為を止めようとはしない。なぜだい？」

「あなたが大人ぶるからよ。私が付き合ってあげているの」

「なぜそんなことを」

「だって」

紗月さんがコントローラーをテーブルの上に置いた。それはまるで試合放棄のようだった。

立ち上がり、真唯を見下ろしながら、指をさす。

なぜこんなこともわからないの？　とばかりに告げる。

「そうしないと、いつかまたあなたが独りになったとき、そばにいてあげられないでしょう」


わたしも真唯も、紗月さんを見上げていた。

つまり紗月さんは、真唯の横に並び立つために、そうしているのだ。

真唯が決して独りにならないように。

「ふ」

真唯は、恥ずかしそうに顔をうつむかせた。

「……それならそうと、最初から言ってくれればよかったのに。君はてっきり、私のことが疎ましく思ってきたのかと。……だけど、やはり知り合った頃から君は変わらない。ずっと、優しい人だ」

わたしも思わずつぶやく。

「紗月さん、真唯のこと好きすぎじゃん……」

椅子に座り直した紗月さんは、大きく息をつく。

「別に、どうだっていいわ。これは私が決めたことで、私が真唯に恩を売るためにやっているわけじゃないもの。……それに、わざわざ口に出すのは恥ずかしいし」

「ふふ……でも、ようやくわかったよ。君の本当の気持ちが。言ってくれて、ありがとう」

真唯が下を向きながら、にやにやと嬉しそうに顎をさすっている。

「あとは、まあ」

紗月さんはいつの間にかコントローラーを操作していた。

「これだけ長話をすれば、さすがの真唯といえども、私に情がうつって隙を見せてくれるでしょうから」

「……なんだって？」

銃声が響いた。

中距離からの狙撃。紗月さんが練習で思う存分に磨いたそのエイム力によって、真唯は一撃で撃ち貫かれたのだった。

『え？』と、わたしと真唯の声がハモった。

紗月さんが再び立ち上がり、今度は椅子に片足を乗せる。まるで荒くれ者のように。

「ばぁ～～～～～～～～～～か！　油断したわね～～～～～～!?」

「な、な、な……」

さすがの真唯も、絶句する。

「君は、私のことが大好きなんじゃ……」

「それはそれ！　これはこれよ！　なにがずっと一緒にいてあげる、よ！　一緒にいてもね!?　負けに負けに負けに負け続けたら、そんなの悔しくなるに決まっているでしょうが！　これだから頭の中にお花畑が咲き誇っている女は！　私が善意百パーセントの女に見える!?」

清々しいほどの手のひら返しだった。

「……私に土をつけるためだけに、あれだけの話をしたのか……？　ずっと胸に秘めた想いを、たった一発を撃ち込むためだけに……!?」

「あなたのその顔を見るためだったら、安いものだったわね～～～！」

「あんまりだ……！」

あの真唯が涙目になっていた。

「どう!?　私にだまし討ちされた気分は!?　悲しい？　悔しい？　それとも傷ついた!?　ねえ、教えてよ、私に教えなさいよ！　あなたの感情を、ぜんぶ！　私はね！　今とっても楽しいわ！　最高の気分よ！　あの日あなたを家に連れて帰って本当によかったー！」

その勢いに、思わず拍手してしまいそうになる。

「君はどうしてそんなに意地悪なんだ！」

これか……。紗月さんが言っていた、真唯の心をバッキバキに折るっていうのは……。

ただ、うん。

紗月さんが真唯のことを好きっていうのも、真唯を家に連れ帰ってよかったっていうのも、本当のことなんだろうな。

わたしは一転して口汚く罵り合うふたりを眺めながら、思わず笑った。

ほんとに、羨ましい。

わたしもいつか真唯や紗月さんとこんな風に、全力でぶつかり合うような関係になりたい。

いや……全力は困るかな。紗月さんにやられたら泣いちゃいそうだから、もうちょっと手加減はしてほしい。

さて、と。

「それじゃあ紗月さん。今度はわたしとの一対一だね」

「……」

紗月さんは静かに着席し、コントローラーを握り直す。

「甘織」

「なに？」

「ええと。好きよ、大好き、もう大好きすぎてやばいわ甘織ラブ」

「雑ぅ！　どこがだよ！　言ってみてよ！」

「……そうね……」

しばらく考えて、紗月さんはわたしを見た。

それから、さももったいぶるように、口を開いて。

「まるで考えなしで、人付き合いも下手で、無鉄砲の上、とことん実力不足だけど……」

「うん」

「でも、自分の弱さを知っているから、誰よりも優しくて……いつだって、こっちが恥ずかしくなるぐらい、ひたむきなところ……かしらね」

なんだか、すごく優しい響きの声だった。

わたしはその、いかにも本当っぽく聞こえる言葉に——騙されず。

「——そっかぁ！　ありがとー！」

２００メートル離れた屋上から、お礼のヘッドショットをぶち込んだのであった。

甘織れな子の、大勝利ぃ！

れな子

香穂ちゃん、こんばんはー

香穂

こんばんワーキングホリデー‼

れな子

う、うん

れな子

あのですね

れな子

王塚さんと、紗月さんなんだけど

香穂

ドンマイマイ！　まだチャンスがあるよ！
次の手を考えよ！

れな子

違うよ！？　ちゃんと仲直り成功したから！

香穂

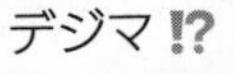

香穂

れな子

うん、だから、明日は大丈夫です

＋

れなちん、すげえ！

香穂

ノーベル芦ケ谷賞じゃん！

香穂

どうやったの！？

香穂

ええと、なんかいろいろと、がんばって

れな子

がんばった！

香穂

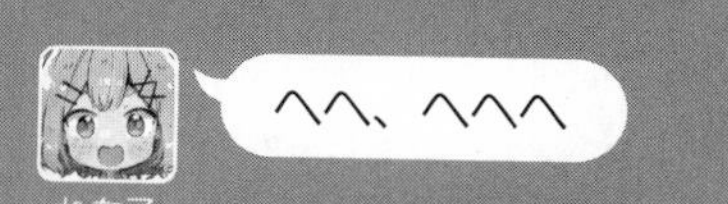

へへ、へへへ

れな子

で、だめだったらだめってちゃんと言っていいからね

香穂

怒ったりしないよ

香穂

また一緒にがんばろうぜ

香穂

いやいや！　ほんとに仲直り成功したから！　ほんとに！

れな子

エピローグ

「おつかれさまー！」

高くグラスを掲げた香穂ちゃんの、乾杯の声が響き渡る。

ここは、学校近くのカフェ。わたしたちは終業式の帰りだった。

わたしたちっていうのは、わたしと香穂ちゃん、紫陽花さん、それに真唯と、紗月さんの五人だ。真唯グループ全員集合！　やったー！

香穂ちゃんはクリームソーダを飲みながら、ニッコニコと体を揺らしている。

「いやあ、明日からついに夏休みですねえ！」

「紗月ちゃんは、なにか予定あるの？」

「そうね、浴びるほど本を読みたいわ。水風呂に本を持っていって、一日中活字に溺れるのよ」

「お風呂場で本を読むと、傷むんじゃないのかい？」

「それは湿気のせいでしょ。私は窓を開けているし、ブックスタンドもあるから平気よ」

「そ、そうなんだよ。紗月さんちのお風呂ってすごいんだよー」

端っこの席にいたわたしが、ようやく会話に入れるタイミングを見つけて、笑顔で付け加える。真唯も「なるほど」とうなずいた。

「確かに琴家の浴室は、なかなかいい趣味をしている。紗月は凝り性だからな。ところで——どうして、れな子がそれを知っているんだい？」

「え？」

真唯が笑顔で首を傾げる。薄く開いた目が笑っていないような気がする…。

「れ、れなちゃん……？」

紫陽花さんもまた、愕然とわたしを見つめていた。

こ、これは……。さーっと血の気が引く。

わたし、またなにかやっちゃいましたか………？（悪い意味のやつ）

香穂ちゃんが楽しそうに囃し立てる。

「どゆこと!?　どゆこと!?　サーちゃん！」

「大したことじゃないわよ。ただ、甘織がうちに遊びに来たっていうだけ」

「ほう？」

真唯の視線の追及を払うように、さらっと髪を撫でて、紗月さんはこともなげに言う。

「別に、不思議なことじゃないでしょ。友達を家に招くぐらい」

頭をぐわんと揺らされた気分だった。

わたしと紗月さんの契約は終わった。

恋人同士は窮屈で、ドキドキして、息が詰まるような毎日だったけど。

でも、貞淑な奥さんを演じる紗月さんはかわいらしかったし、なによりも紗月さんと一緒にいられた時間は楽しかったのだ。

だから、夢みたいな恋人のひとときが終わり、元の同じグループの他人に戻るんだとばかり思っていたわたしは。

紗月さんのその言葉を聞いて——。

「さ、さ、紗月さぁん~~~~~……！」

「えっ、ちょっ、れなちん泣いてる!?」

「れなちゃん!?」

「な、なんなの、あなた……？」

鼻をすする。

がんばったわたしの二週間は、無駄じゃなかった。

「だ、だってぇ……紗月さんが、友達って、友達って言ってくれたからぁ~~……！」

「たったそんなことで？」

「大事なことだもん~~~~！」

ああだめだ。だばだば涙が流れてく。止まらない。決壊だ。

さぞかし周りのみんなにはドン引きされているんだろうって思ったら、片側の腕を香穂ちゃんが、もう片方の腕を紫陽花さんがぎゅっと抱いてくれた。

「あたしも、あたしもれなちんと友達だからね！」

「う、うん。わ、私も……と、友達だよっ!?」

「香穂ちゃん、紫陽花さん～……」

あったけえ……。みんな、あったけえよ……。

なおさら、涙が止まらない。

ああ、お母さん、お父さん、妹、わたしはほんとにいいグループに入ったよ……。こんなわたしにもみんなは優しくしてくれる……。夢みたいだ……。

「ほんっとヘンなやつ……」

紗月さんの目が冷たい……。

でも、友達って言ってくれた……言ってくれたからね……へへへ……。

「なに泣きながらニヤニヤしてるのよ……」

「面白いだろう、れな子は」

真唯が頰杖(ほおづえ)をつきながら、大人びた笑みを浮かべる。

「私の推(お)しなんだ」

「あなたの趣味は、昔からよくわからないわ」

「私の好みは、ずっと一貫しているよ。美しいものが好きなんだ、私は」

「涙と鼻水でどろっどろになっているけれど、それ……」

「美しいだろう？」

それ呼ばわりされたわたしを見て、真唯がうっとりと微笑む。真唯の趣味が意味わからないのは、わたしも同感だった。

あっ、紗月さんがポケットティッシュを差し出してくれた……。優しい……トモダチ……。

「見苦しいから。目立つし」

「ひゃい……」

「あ、ほら、私のも」

「じゃああたしもあたしも」

紫陽花さんからも、香穂ちゃんからもティッシュをもらったので、わたしの手元にはポケットティッシュが三つもある……。友情のポケテ……。

「それより、なんなのよ、きょうは。私のグループ復帰祝いなんて言わないわよね」

「もちろん、そんなことでいちいち祝うのはバカらしいだろう。だったら、これからも君がグループを抜けて戻ってくるたびに会を開かなくてはならない」

「……そんなにしないわよ」

「私は週一で寄ってもいいけれどね。楽しいし」

「そんなにしないわよ！」

吠える犬に骨をあげるように、半ギレの紗月さんの前に、真唯が細長い紙包みを突き出した。

「……なにこれ」

「誕生日おめでとう、紗月」

紗月さんが目を瞬かせる。

「……そうだった。忙しくて、すっかり忘れてた」

「これで、少しの間、君がお姉さんだね」

「そうね。でも年上だからって威張り散らすのは、不毛だからもうやめたわ」

プレゼントを受け取った紗月さんがこちらを振り向くと、わたしたちもそれぞれ包みを取り出していた。

「はい、紗月ちゃん。お誕生日おめでとう」

「ありがとう、瀬名。祝ってもらえて、とても嬉しいわ」

「友達の紗月さん！　友達のれな子からプレゼントだよ！　友情の証！」

「うざぁ……」

「ひどい！」

最後に香穂ちゃんが、満面の笑みで親指を立てる。

「なんとかこの日に間に合ってよかった！　ずっとあたし、ハラハラしてたんだから！」

仲直りを香穂ちゃんが急いでいたのは、そういう理由だ。

どうにかして紗月さんの誕生日に、みんなでお祝いをしたかった。せっかく、グループで知り合った子の、最初の記念日なんだから、って。

「……あなたたち、それで」

「ま！　ね！」

香穂ちゃんがもう片方の親指も立てる。ひとり指相撲をしているようだった。

「……ありがとね。みんな」

「サーちゃんが照れてる！　かわゆ！　写真撮っていい!?」

「ぜったいだめよ」

「わかった、撮るね！」

「叩(たた)き割るわよスマホとあなた」

「あたしごと!?」

まったくもって騒がしい。

紗月さんのツッコミがあると、こう、グループがビシッと引き締まる気がする。

いや、いいことだ……。やっぱり紗月さんは、わたしたちに欠かせない存在だったんだ。

ふふ、友達……。

思わず頬が緩(ゆる)む。きょうはもう元に戻らないかもしれない。

ほわほわしていると、隣から、紗月さんに語りかける真唯のささやき声が聞こえてきた。

「あの頃とは違って、私たちの周りには、たくさんの友達がいる。ひとりぼっちになんて、ならないよ、紗月」

紗月さんもまた、どこかしんみりとうなずいた。

「そうね。……本当に、そうなのかもしれないわね」

テーブルに並んだ四つのプレゼントが、真唯の言葉を後押ししているみたいだ。

うん……、そうだよね。わたしも、そう思う。

真唯だって別に、だからもう自分に構う必要はない、なんて言うつもりはないはず。ただ、紗月さんがもう少し肩の力を抜いて生きることを、きっと望んでいるんだ。

黄金色の鎖はあまりにも丈夫で、紗月さんの体をがっちりと縛りつけていたけれど。

でも、紗月さんはとっくに、その鎖を解く鍵を持っているはずなんだから。

「そういえば」

そこで紗月さんが話を変えた。鞄を漁（あさ）りだす。

「真唯。私もあなたに渡すものがあるのよ」

「そうか。なにかな？　トロフィーとか？」

「……なんの？」

「今もらったら嬉しいものを考えたら、自然と思い浮かんだんだ」

「……あなたの誕生日には考えておくわ。はい」

紗月さんが押しつけたのは、ストローの包みみたいな紙。

あ、テストの結果だ。

「これは？」

「見てごらんなさい」

真唯はその数字に目を落として、そして呆気に取られた。

「……え？」

「あなた、どうせゲームの練習に夢中になっていたんでしょう。言ったわよね。私は、ちゃんとぜんぶがんばっている、って」

紗月さんは組んだ手に顎を乗せて、にやりと笑った。

「初めて勝ったわね、あなたに」

続・エピローグ

「というわけで、慰めてほしいんだ」

「いやなにがというわけなのか」

夏休み初日の真っ昼間。わたしは真唯のマンションにいた。

広いL字型ソファーに並んで座っている。真唯はしょんぼりと肩を落として、わたしに寄りかかっていた。近い。距離が近い。

単純に、先日忘れてったPS４を回収しに寄っただけだったのに……。それだけで済むはずがなかったんだよな……。

「だって、君にゲームで負けた挙げ句、紗月にもテストで負けてしまったんだぞ……。さすがの私もひどくショックを受けているんだ」

「紗月さんはともかく、わたしには他の要素で99億個ぐらい勝ってるでしょ……」

「そんなことはない。それに、君を伴侶にするチャンスも失われてしまった」

がちで意気消沈したその声に、わたしは口をつぐむ。

その要因を作ったのはわたしだから……なんとも言い難い……！　全力で拒否った挙げ句、ヘッドショット撃ち込んだ罪悪感が……！

だけど、真唯の唇がわずかに笑みを作った。

「……なんて言っても、別に、勝ったところで君と結婚するつもりはなかったんだけどね」

「そ、そうなの？」

「ああ。決闘で君の心を勝ち取るだなんて、シェイクスピアの時代じゃないんだ。私は君の意思で選ばれるつもりだからな」

胸を張ってそう言う真唯は、相変わらず一貫していて、ちょっとだけかっこよかったけど。

「あんなに全力だったくせに……」

「勝負事にはいつだって本気さ。そうじゃないと、相手に失礼だからね……と、言っても」

真唯は両手をお腹の前で組み合わせたまま、前屈みに落ち込んだ。

「負けてしまったわけだけどね、私は……。君と紗月に二連敗だ……」

「ううむ」

きょうの真唯はちゃんと髪をストレートに下ろしている恋人モードなので、あんまり干渉するのは得策じゃないかもしれないんだけど……。

でも、いつになくいじける真唯を見て、なんだかかわいそうだなって思ってしまったのもまた事実。特にここ最近は紗月さんに構ってばかりで、真唯をずっと放置していたわけだし。

だから、まあ……チョットぐらいは……。

「ああもうー、しょうがないなあー」

わたしは大げさにため息をついた。慰めてあげようじゃないか。このわたしが。

ロングスカートの膝をぽんぽんと叩く。

「膝枕」

「え？」

「してあげるから」

ぽけーっと真唯がわたしを見つめる。

「い、い、い」

「……」

あれ。……てっきり飛びついてくると思ったのに、なに、この間。

冷や汗をかいてしまう。

膝枕だったら妹にもしたことあるから、別にいいかなって、ちょうどいいかなって……。

そのとき、中学時代の陰キャで陰湿で陰鬱なれな子がわたしに語りかけてきた。

『よくあるじゃん、ほら、マンガとかでお礼はキス、みたいなのさ。でもあれって自分のキスが相手にとってお礼に値することを知っている女、ってことだよね。めちゃくちゃ自分の価値を知り尽くしているじゃん。うーっわ、自意識過剰すぎてムリだわー』

やめろ！

違う、これは、とにかく違う！　わたしはそんな女じゃないんだ！　だって真唯はこうすれば喜ぶもん！　お前は真唯のことをなにもわかっていないんだ！

「ほら、膝枕、ほら」

「いやしかし」

「膝枕！」

ぐいと真唯の腕を引っ張る。ついにはヤシの実をもぐみたいに、無理やり膝の上に頭を持ってこさせた。膝枕完了！

「むう……強引だな……」

「真唯こそ、珍しく拒否るじゃん……。紗月さんが真唯離れするんだから、真唯だって他の人に頼ったりできるようにしなきゃ、なんでしょ」

料亭での言葉を持ち出すと、真唯は口をもごもごさせながらうなる。

「むう……。それは確かにそうなんだが……」

キスとかその先は平気そうだったくせに……。なぜ膝枕では、こんなに照れまくるのか。こっちだって恥ずかしくないわけじゃないけど……羞恥心が一周回って逆に平気になってきた。

真唯の頭を撫でてみる。その髪からは、お日様のいい匂いがする。

「前も言ったけど、別に何回失敗したっていいでしょ。何回も負けるのだって、そういうものだよ。真唯は普段からがんばってるんだから」

「くっ」

真唯がわたしの膝に顔をうずめた。お、おいこら。

しかし、真唯はいやらしいことをしようとしたわけじゃなくて、ただ単に照れているだけだった。顔を見せないようにして、足をバタバタさせる。

「言いようのない感覚がせり上がってくる！」

真唯が恥辱の沼に落ちて、もがいている……。

「普段、死ぬほどたくさんの人から認められて、褒められているくせに……」

「私は勝つのが当然だからな……。負けて努力を認められることなど、ほとんどなかった」

甘やかされるのに、とことん慣れていないようだ。なるほどね。

なんかちょっと楽しくなってきちゃったな。

「そっかそっか。でもいいんだよ、わたしだけは真唯のがんばりを知っているからね。ふふふ、真唯ちゃんは偉いね、お利口さんだねー……ふふふ」

「君は、そういう……君は、まったく……！」

真唯の耳がさらに赤くなった。

立派な人を堕天させているみたいで、気分が高揚してくる。

いいんだよ、真唯は強すぎるから。少しぐらい怠惰になったほうが。そのほうが親しみがわくよ。スパダリやめて、たまには普通の女の子になってみよう。

特に今回は、自分の欲望を押し殺してまで、紗月さんと一緒に帰るわたしを見送ってくれたりしていたんだから。ほんとに、助かったんだから。

「おかげさまで紗月さんとも友達になれましたし」

「それに関しては不本意だが……れな子が喜んでくれたのなら、せめて報われる」

てしてしと真唯を撫でる。真唯の時価数十億円もするであろう造形の頭部がわたしの手のなかにあるというのは、なんとも緊張しちゃうけども……。

わたしにだけ、弱った姿を見せてくれるっていうのは、キュンとなる。

いや、これは友達的な意味であって、恋愛的な感情ではないのであしからず……。

「いつもこんなにしおらしかったら、やりやすいのに……」

「……そのほうが、君は嬉しいかい?」

そう聞かれて、わたしは少し迷ってから、首を振った。

「ん……。や、真唯はいつもの真唯でいいよ。怒りたいときに怒って、笑いたいときに笑って、凹んだら凹むといいよ。そんな真唯がいい」

人に好かれたいから自分を曲げたり、ムリしたりするのは、わたしの役目だ。

真唯は自然体がいい。そんな真唯とわたしは友達になりたかったんだから。

……なんて、自分にできないことを他人に求めちゃう、小市民のわがままなんですけどね。

ああ……と真唯がため息をついた。

「今、れな子のことをまたさらに、好きになったよ」

「む……」

真唯は等身大の自分を認めてもらうことに飢えている。紗月さんとは正反対だ。

つい余計なことを言ってしまった気がして、念のために釘を刺す。

「これは別に……友達として、だからね」

「君がそう思うのも、私が君を愛するのも自由。それがれまフレ、だろう？」

「なんかそれは真唯に都合のいい解釈な気がするけどー！」

真唯がゆっくりと身を起こした。見下ろすだけだった真唯の顔が近くにやってきて、思わず心音が高鳴る。

「れな子。君は紗月と何度キスしたんだい？」

「えっ、えと、あの」

手首を握られた。なんかやばい気がする。

さっきまでの余裕は、一瞬で吹き飛んでいた。

指折り数える。紗月さんちに泊まりに行ったときと、紗月さんがうちに泊まりに来たときと、あと真唯の家のトイレで……。

「さ、三回かな……？」

「二週間のうちに三回も…………？　君は、どれだけ……」

「ま、待って！　誤解がある！」

ぜんぶ紗月さんにされたキスだし！　わたしが性欲強いわけじゃない！　断じて違う！

言い訳を並べ立てようとしたわたしの唇に、真唯の唇が押しつけられた。

う……。真唯と二週間ぶりのキス。

いや、まあ……れまフレは、友ちゅーまでは認めているので……。これぐらい平気、ぜんぜん……平気だけど……。

真唯は自分の唇をはしたなく舐めながら、わたしの頰に手を当てていた。

「私のままで構わないというのなら……ああ、つまり、この胸に抱えた嫌な気持ちを、私はもう我慢しなくてもいいってことなんだろう？」

えっ、そういうことになっちゃうの？　欲望パージ的な？

「いや、少しは我慢したほうが……。なんでもかんでもさらけ出すのは、いくら友達でも受け止めきれるかどうかは、わかりませんので……」

「もちろん、君を傷つけるようなことはしないよ」

再びキス。唇を重ね合わせたまま、ソファーに押し倒される。

つまりこれは、わたしが傷つかないだろうと確信してのキスなわけで……。

しかもそれは、あながち外れていないわけで……。

二度目のキスは長かった。

何度も下唇を真唯の唇でふんわりと包まれ、咀嚼されるみたいに味わわれる。

全身の力がすっかり抜けてしまった。とろんとしたままの眼差しで、わたしの腰の上にのしかかった真唯を見上げる。真唯は妖艶に微笑んでいた。

やだ、やっぱり顔を見られるのが恥ずかしい。

両手で顔を覆ったまま、白状する。

「う、うう……あの、実は多少なりとも罪悪感がありまして。あんまり強引に責められすぎない限り、真唯を突っぱねたりできないテンションなので、お手柔らかにお願いできたらと……」

真唯が難しい顔をした。

「それは、私の理性に挑戦状を叩きつけているのかな」

「いや断じてそのようなつもりでは！」

「まったく、君はずるい子だ」

覆い被さられて、両手で頰を押さえつけられたまま、キスをされた。

だけど、無理矢理じゃない。わたしの唇を割って入ってきた舌も、きょうはどこか優しくて、でもそれってわたしが真唯のことを受け入れているから……とかじゃないよね!?

とにかく、たっぷりと内側をねぶられてしまう。わたしの中がぜんぶ真唯でいっぱいになって、頭がぽーっとする。

はあ、はあ……きょ、強烈な体験……。

「とりあえずは、これで三回」

威力としては、三百回分ぐらいあったけれど……。

真唯はひとまずは気が済んだかのように、微笑んだ。

「愛しているよ、れな子。楽しい夏休みにしようじゃないか」

「はい、あの……はい」

紗月さんが真唯に対抗心を燃やしているように、真唯だって紗月さんに対抗心を燃やしているんだ。そのことを私は、ちゃーんと体に教え込まれてしまった。

ほんと、もう二度と他の人と恋人契約なんてするもんか。わたしは後悔と失敗を重ね、過去から学ぶ女……。

いや、違う。他の人じゃなくて、誰とも、だ！

真唯とだって、恋人になんてならない。胸がドキドキしたり、苦しくなったり、夜も眠れなくなったりするような関係なんて、まっぴら。

わたしは上に乗った真唯を両手で押しのけながら、改めて叫ぶ。

「親友として、夏休みもどうぞよろしくお願いします！」


こうして、わたしと真唯と紗月さんを交えた勝負が終わり……。

そしてまた、新しい騒動が幕を開けるのであった。

【間章】紗月と甘織

甘織

紗月

メッセージの送信を取り消しました

メッセージの送信を取り消しました

ありがとう

紗月

＋

あとがき

ごきげんよう、みかみてれんです。

今回はあとがき1ページです。本文に書きたいことが多すぎて、**もうあとがきいらなくないか……？**　というテンションに陥(おちい)ったのですが、我に返ってなんとかページを確保しました。

というわけで、『**わたなれ**』二巻です。読んでくれた人がみんな紗月(さつき)さんを好きになってくれたらいいなあ、という気持ちで物語を綴(つづ)りました。

もし続けば、三巻では紫陽花(あじさい)さん編をやるつもりなので、続刊目指してがんばりたいですね。がんばります！　ちゃんとリングフィットアドベンチャーとかも！


では、謝辞です。限られたスペースでもちゃんと謝辞を言う作家の鑑(かがみ)。

――**みんなありがとう！**

わたし史上最も短い謝辞でした。あ、そうそう、わたなれのコミカライズも始まりましたね！　むっしゅ先生が作画を担当してくださってます。嬉しい！

7月15日発売の『**ありおと**』2巻ともども、ガルコメを楽しんでいただければ幸いです。

それでは、またどこかでお会いできることを願って！　みかみてれんでした！

あとがき

こんにちは、竹嶋えくです。わたなれ2巻です☆
今回も振り回されまくるれな子…お疲れ様…!!
引き続き大好きなわたなれに関わることができて幸せでしたっ

著者のみかみてれん先生
担当のK原さん
デザイナー様
ありがとうございました!!

Takeshima Eku

ダッシュエックス文庫

わたしが恋人になれるわけないじゃん、ムリムリ！（※ムリじゃなかった!?）2

みかみてれん

2020年 8 月30日　第1刷発行
2024年11月11日　第6刷発行

★定価はカバーに表示してあります

発行者　瓶子吉久
発行所　株式会社　集英社
〒101−8050　東京都千代田区一ツ橋2−5−10
03（3230）6229（編集）
03（3230）6393（販売／書店専用）03（3230）6080（読者係）
印刷所　TOPPAN株式会社
編集協力　梶原　亨

ISBN978-4-08-631379-7 C0193